I0847581

IM PRESS

Макс Неволошин

Где сидит фазан

Повести и рассказы

Бостон • 2024 • Чикаго

Макс Неволошин   Где сидит фазан

Max Nevoloshin   Where the Pheasant Hides

ISBN 978-1-960533-34-0

Published by M•Graphics | Boston, MA
   www.mgraphics-books.com
   mgraphics.books@gmail.com

In cooperation with Bagriy & Company | Chicago, IL
   www.bagriycompany.com
   printbookru@gmail.com

Proofreading by Julia Grushko
Book design by Yuliya Timoshenko © 2024
Cover design by Larisa Studinskaya © 2024

Printed in the United States of America

Содержание

Где сидит фазан

Повесть

Самара, где я родился и удивительно долго жил, вспоминается мне городом невнятным, фрагментарным, каким-то посторонним. Я хотел бы разобраться — почему. Нормальный мегаполис, бывают и похуже, есть достопримечательности, культурные объекты. Вот отреставрированный до изумления старый центр. Вот размашистая, пафосная набережная. Цирк, напоминающий кепку эксцентрика. Кондитерское здание драмтеатра. Рядом — монумент Чапаеву с компанией, издали похожий на гигантского жука. Ну, ясное дело, Волга, небеса, простор такой, что хочется реветь Кинг-Конгом. Отсюда в мыслях вольность, безрассудство и дичь.

В этом городе я сменил четыре записные книжки, распухшие от адресов и телефонов, не всегда понятно чьих. В любом районе мог найти трёшку взаймы, стакан портвейна или чая, диспут, оживлённый битьём лиц, матрас на кухне. Безымянка, пл. Кирова — автобус 34, троллейбус 6 — Джон, Андрей, Наташа, Клякса (девушка Андрея). Ленинский проспект — Витя (злая жена), Люба (филфак), Геныч — трамвай двадцатка. Он же до конечной — 15-й микрорайон — Лена, Игорь Е. (злая мама). Игорь Н. — 116-й километр — час от вокзала на 132-ом. Нет, это вряд ли, дыра хуже моей, на месяц потеряемся. Общага педа на Антонова-Овсеенко — автобусы 42, 44, троллейбус 14 — отзывчивые барышни, в субботу дискотека. Московское шоссе — общаги КуАИ и связи — транспорт любой. Обнимут, как родного, но лезть через третий этаж. И так далее, неясно одно: какого хрена я всё это помню?

В этом городе названия пивных запоминались как стихи. «Мутный глаз», «Говорящие головы», «Калда», «Дно»... Сейчас любой турист знает «Дно» — культовое место, бар, удобства. А в беспонтовую эпоху — три ларька у пивзавода, кустики и очередь. И Волга тут же плещется синхронно улучшениям в организме. Говорили, если пива нет на «Дне», то его нет нигде. Щас. У меня друг Лёха работал на пивзаводе грузчиком. Раньше он был студентом иняза, корпус на Горького, в двух шагах, да выгнали за аморальный облик. Лёха устроился куда поближе, чтобы не спугнуть ощущение территории. Каждое утро ехал знакомым маршрутом, будто в институт. Плюс бывшие сокурсники Лёху не забыли. Регулярно навещали после занятий, вместо и до. Фишкой экскурсии было «завтрашнее» пиво, судя по дате изготовления. Ну что, заглянем в будущее? Заглянем.

И «завтрашнего» хлебца я отведывал не раз. На хлебозаводе, это в другую сторону от Горького, но тоже близко. Мой знакомый, Петя, работал там художником. Рисовал наглядную агитацию и ловил голубей на супчик. Голуби настолько отъедались, что забывали, как летать. Вкус лучше курятины, свежие потому что. Я, правда, не ел. А Петя — человек богемный, у него всегда гости и финансовые трудности. И кот. Однажды шельмец прогрыз дыру в моей нейлоновой сумке и выел треть батона колбасы. «Красава, — сказал художник, осматривая улики, — перформанс как жест. Моя школа». Жили они в курмышах между площадями Революции и Хлебной, неподалёку от трамвайного кольца.

Курмыши — это не просто закоулки или старые дворы. Это оживший придуманный мир, которого не существует. Дыра в холсте, прореха в декорации, шаг в темноту — и ты внутри системы образов, таинственных и несколько печальных. Разве могут быть не вымыслом эти вросшие в асфальт полуподвальные оконца? Доисторические лопухи и плющ, и угольные кошки, и бледно-синие рейтузы на верёвках? Эти лестницы и двери в никуда, постройки-надстройки-голубятни-скворечни, косые во все стороны, будто лица алкашей? Трогательные люди, которые сегодня отдадут тебе последнюю рубаху, а завтра позаимствуют штаны… Оттуда надо вовремя уйти, дня через три, лимит — неделя. Иначе есть риск остаться навсегда.

Я изъездил этот город поперёк и вдоль, наискосок, кругами и зигзагами. Но так и не стал его частью, а он — моей. Возможно, ключевое слово тут — «изъездил». Транспорт не даёт раствориться в ландшафте, поймать его суть, атмосферу, метафору. Скорости должны быть одинаковы, время — невесомо, путь — бесцелен. Увы, ходить пешком я не любил. Да и Самара не особо вдохновляла на досужие прогулки. Она размазана тонким слоем по левому берегу Волги километров на тридцать. Или шестьдесят — смотря где жить и как считать.

Я жил на спорной территории, где мегаполис нехотя встречается с деревней. На той самой границе, которую задумали стереть большевики. Асфальт к нам ещё доходил, но общественный транспорт уже временами. Любой вояж в город становился приключением. Любой сюжет учитывал автобус или его долгое отсутствие. На остановках коченели, лишались чувств от жары, митинговали, выясняли отношения, заключали сделки. А также знакомились, вступали в романтические связи и наоборот. Вспоминаю один случай.

Мы с девушкой Наташей возвращались из театра. Я не то чтобы заядлый театрал. Просто встретиться в интимной обстановке было негде. У меня дома родители, у неё — муж и сын. На улице зима без шуток, минус тридцать. Кино — банально, ресторан — пошло, в смысле дорого. А театр — интеллигентный вариант, буфет, шампанское и платья с декольте.

Стоим на остановке, время пол-одиннадцатого. Колючие звёзды, хрустящий мороз. Использован каждый сантиметр одежды: всё, что можно, поднято, натянуто, замотано. Ноги сильно тоскуют по валенкам. Мысли замерзают в голове. Смерзаются в единственную мысль: когда-нибудь я буду жить там, где вечное лето…

Её автобус ходит до полуночи, мой закончил рейсы час назад. По умолчанию план такой: я доставляю Наташу к семье. Что потом, лучше не думать. Вообще-то Наташа забыла свой текст, конкретно одну реплику: «А ты? Как доедешь ты?» И я ответил бы спокойно, по-мужски: «Всё нормально. Доберусь». Не спросила, а жаль, карта могла лечь иначе. Потому что мы увидели автобус.

Мой автобус.

Когда-то меня изумляли вещи, несовместимые с логикой, опытом, здравым смыслом. Теперь — нет. Если это шутят наверху, то их юмор исчерпал себя. Конечно, я ошибся — это был другой автобус. Нет, мой. Реальность изменялась на глазах. Табличка «в парк» за лобовым стеклом вдруг удлинилась до названия моего посёлка. Дверь выдохнула облако тепла. «До Химзавода», — угрюмо объявил водитель. Шальные от радости люди полезли в салон. Передо мной стоял нелёгкий выбор… Ложь. Несколько секунд я колебался. Соблазн был чересчур велик… Ещё две лжи. Никакого выбора и колебаний. Моментальная, полная ясность — Наташа едет домой одна. «Извини», — сказал я кратко, по-мужски. А что ещё тут скажешь?

Воспоминания о Самаре требуют усилий. Она — сундук мертвеца, тяжёлый от юношеских глупостей, низостей, комплексов и драм. Или роман о подростках с обычным набором клише. Тощий, незаметный мальчик. Война с родителями. Война с учителями и шпаной. Опасные друзья как средство выживания. Плохие девочки как средство тренировки. Избыточный уличный сленг, хэви-метал, гитара, фарцовка, качалка. Вино как средство от тревог. Желание достать себя за волосы из этого болота.

Желание постепенно исполняется, а волосы редеют. Уходят поколения чемоданов. Зола сгоревших кораблей обращается в пыль, черты лица — в морщины, снег — в песок. В твоих глазах — спокойная ирония. Легко поверить, что ты всегда был снисходительным, расслабленным, насмешливым и умным. Но есть географическая точка — знакомый контур берега, улицы, сползающие к воде, изгрызенные жизнью дома, которые помнят тебя другим. И наступает время это им простить.

С Наташей мы расстались через год. Произошло это обыденно и вяло. Несостоявшееся свидание, потом второе, звонки без ответа, дела... Вскоре мне сказали, что у Наташи кто-то есть. Или был — параллельно со мной, даже раньше. Меня беспокоило отсутствие логики. Если бы её взбесил автобус, — думал я, — то это хоть понятно. В этом хоть какой-то смысл. Но почему сейчас? Зачем так долго ждать? Тогда я — повторюсь — ещё не знал, что смысл — обычно фикция, плод воображения. Гораздо подозрительнее, когда он есть, чем когда его нет.

* * *

А славно бы увидеть Москву глазами иностранного туриста, какого-нибудь доброго, рассеянного шведа. Без провинциальных комплексов, без эмигрантской оглядки. Или глазами местного долгожителя, наблюдателя, созерцателя. Чуть не сказал «коренного москвича» — тухлая фраза, даже слово «прописка» звучит веселее. Я всегда был здесь по делам, жил здесь по делам. Первый вагон из центра и сразу налево. Бег с препятствиями из ненужных людей, чтобы отловить искомых. Людей вокруг меня образовалось чересчур. Некоторым я был что-то должен, остальные — должны мне, и требовалось срочно с них это получить.

Думал: получу своё, выдохну и осмотрюсь. Москва лет восемь оставалась функцией, ступенькой.

Перешагнул и осмотрелся — но уже в другом месте. Жаль, а что поделаешь? Столица понаехавшим не друг. Явился завоёвывать Париж — оперируй шпагой, а не глазей по сторонам. Нет, кремль я видел. И мавзолей, включая содержимое. И большой театр, включая изнутри. Регулярно эскортировал туда заморских гостей. У меня был лучший и единственный на кафедре английский. А также, по мнению начальства, избыток свободного времени. Как сказано гением, балеты долго я терпел.

Я не люблю работать вообще, и с людьми — особенно. Такая работа помимо других неудобств выключает меня из контекста. Посетив десятки интересных мест, я ни черта не видел, кроме лиц в аудитории и бухгалтерии. В Москве есть нюанс: сложное, не всегда уловимое ощущение, что ты здесь шпион. Из него потом вырастает мысль об эмиграции.

Москва — вэдээнха эпохи эсэсэра. Город — сноб, витрина, китч. Улицы имперской ширины, архитектура в стиле «поздний Джугашвили». В тёплом бензиновом смоге на десяти полосах звереют авто. Сверху давит угрюмое небо. В пространство въелся запах фанты, горячих собак, хрустящих денег. Можно притвориться, что это твоя жизнь. Можно даже часть её купить и заблеять от самодовольства. Только этот город избалован, капризен. Он не любит выскочек. У него другие планы. Засунь под хвост свои купюры и амбиции. Ты сюда не принадлежишь. Тебя пустили посмотреть.

Дорогие москвичи и гости столицы… Не друзья, товарищи, сограждане, а гости и хозяева. Москве важна определённость. Потому что отдельные шустрые гости норовят задержаться. Праздник кончился, а они все ещё тут. И уже неясно, в качестве кого. Цветные штаны не прокатят, штаны сейчас у всех одинаковые. И остальное тоже: лица, походка, речь. Вместе толкаемся в разные стороны, шмыгаем под землю и обратно. Но если у метро проверят документы, выявляется существенная разница. Многие уедут дальше. А тебя уведут куда следует. Трудно остаться собой. Лицо, одежда — ерунда, главное — беспечный взгляд. Именно его читают физиономисты у метро. Взгляд обязан излучать уверенность в том, что ты поедешь дальше. И слово «обезьянник» знаешь только по кино.

Про обезьянник расскажу. Но вначале о достоинстве самарской прописки. У неё, как выяснилось, есть одно достоинство. Однажды меня взяли на гоп-стоп. Дело было на автовокзале, ст. м. Щёлковская, первый вагон из центра, из стеклянных дверей налево. На мне стандарт: кожаный верх, джинсовый низ, сумка adidas — типичный фраер ушастый. Купил билет, закурил, углубился в себя… Чувствую движение сбоку. Слышу:

— Брат, угости сигареткой.

Сунул руку в карман, а вынуть не могу, перехватили. И вторую ломят за спину. Я даже испугаться не успел. Только что был один, и уже нас трое.

— Давай-ка отойдём, поговорим.

Утолкали за ларёк, там ещё двое без особых примет. Среднего роста, плечистые, крепкие. Нежно извлекают паспорт, кошелёк. Граждане озабоченно спешат мимо. Вокзальный секьюрити нам кивнул.

Кошелёк должен был их огорчить, а паспорт — наоборот. За обложкой — сложенная вдвое купюра с Эндрю Джексоном. Дяденька полицейский, возьми меня. Этим маловато, но шанс уйти здоровым.

— Паспорт хоть отдайте, — говорю.

Старший полистал мою книжицу.

— Ты из Самары, что ли?

— Ну.

— Держи.

Отдают имущество, хлопают по спине.

— Вали, братан. Повезло тебе сегодня.

Запоздалый потный страх, мягкость в ногах, тошнота. Реакции организма, не успевшего за темпом событий. Меня грабили. Что-то пошло не так. Дважды проверил — всё на месте. Кошелёк, билет, сигареты, паспорт. Эндрю с удивлённой половиной лица. Что это был за сюр? Что за полёт шмеля вокруг гранаты? Вечером звоню сообразительному другу.

— Это наши, казанские гопники, — объяснил друг, — их территория.

— Ты-то откуда знаешь?

— Бывшие ученики, восьмой «г». Видел их там пару раз. У них правило: земляков не трогать.

Двадцать баксов из паспорта могли взять трижды. Следующим был мент в переходе у вокзалов. Сытый, добродушный, непохожий на мента. Почему из сотен людей он выбрал меня? Этот вопрос не даёт мне покоя. Что во мне не так? Обычное лицо славянской национальности. Финский пуховик, сделанный в Китае. Норковая шапка из котика. Сумка большевата, так вокзалы же. Каждый второй с баулом.

— Регистрации нет, угум... Когда приехал?

— Только что.

— Ну-ну... Билет есть?

— Оставил у проводника. Мне он ни к чему.

— Разумеется... Цель прибытия?

— Осмотр достопримечательностей.

— Где будешь жить?

— У родственников в Кучино.

— Кто автор «Болеро» Равеля?

— Эм-м...

— Расслабься, я шучу. А это что? Взятка?

— Где? Аа... не, заначка. На всякий случай.

— Ладно. На регистрацию — трое суток. И билет чтобы всегда. Ясно?

Он вернул паспорт. Я не выдержал.

— Можно вопрос? Почему ты меня остановил? Что во мне подозрительного?

Мент ненадолго завис.

— Опыт, интуиция, — произнёс он наконец. — У тебя сумка большая. И лицо такое, знаешь… Будто ты задумал…

— Теракт, — подсказал я.

— Вот что, умник, — его добродушие вмиг исчезло, — пройдём-ка в отделение…

— Не надо в отделение, — испугался я, — глупо вышло. Извини.

Вот значит как. Задумчивое лицо стало подозрительным. Исправим. Кстати, размышлял я тогда над статьёй для «Вопросов психологии». Конкретно оттачивал следующую мысль: «В общем виде, главной целью развитой когнитивной системы является прогнозирование будущего».

Вскоре я полностью слился с толпой. На моей уличной физиономии закрепилось выражение лёгкого слабоумия. Иногда, вернувшись домой, я забывал его снять, за что подвергался насмешкам жены. Надевать дебила приходилось часто — работал я в семи местах. Читал лекции в двух университетах. Халтурил консультантом в пяти детсадах. Вёл договорные курсы в банках, страховых компаниях, центрах профориентации. Даже, как ни странно, в Зеленоградском РОВД. Психология была в моде, работа валялась под ногами. За ужином я отключался, не доев.

Москва охотно забирала наши силы, но отказывала в статусе легальных душ. Мы были людьми вне сорта. Наше бытие вызывало сомнения. Заболей мы — не станут лечить, пропади — не кинутся искать. Жалобы, претензии? Вали, страна большая. Тема регистрации печальна и скучна. Но как мне избежать её? Как обойти тему жилья? Я пересматриваю образы Москвы, в голове тихо кликает слайд-проектор. Сейчас увижу что-нибудь изящное. Романтическое, возвышенное, как мини-юбки летом на Тверской. Чистые пруды, застенчивые ивы, переулочки Арбата… Но упираюсь лбом в бетонную конструкцию: работа, регистрация, жильё. За неубитую однушку хотели ежемесячно двести баксов плюс. Раз в полгода, обновляя договор, хозяева накидывали чирик. Не нравится — вали. Я понял, что такое классовая ненависть. Это когда твоя жизнь напоминает бег за фальшивым зайцем, собачий ипподром. Ты конвертируешь её в зелёные бумажки и скармливаешь жадным паразитам. Этот город меня потихоньку съедал.

Ресентимент… — поморщится какой-нибудь эстет. К людям надо помягше и на вопросы смотреть ширше. Так смотрите. Кого я оскорбил? Своих работодателей? Никоим образом, а мог бы. Ментов? Безосновательно — менты встречались разные. Но все мои лендлорды были редкие жлобы. Не знаю, как там власть, а халява развращает абсолютно.

Помню бодрую тётушку, владелицу жилья на улице Расплетина. Лицо простое, будто кукиш. Обыкновенно суетлива, возбуждена получением денег.

— Ребятки, не заплатите вперёд? За месяц или два. Присмотрела телек «Сони Тринитрон», красавец, большущий такой, диагональ — семьдесят! Надо брать, пока скидки.

— Так у нас столько нет.

— Ну, давайте сколько есть. Давайте, давайте! Забегу ещё к одним жильцам, недалеко. Может, они выручат.

Господи, — думаю, — за что ты подарил ей три квартиры? За какие свершения и подвиги? Мне, кандидату грёбаных наук, — ни одной, а ей — три. Если это сообщение для меня, выражайся пояснее.

Ещё был алкоголик Николай, сдавал пенал в хрущёвке на Филях. Сам где-то обитал на иждивении матери, деньги за квартиру пропивал. И ему, понятно, не хватало. Слишком тонка грань между опохмелиться и закрепить успех. Поговорить на эту тему Николай любил со мной. Пару раз в месяц ему удавалось застать меня дома.

— Макс, такое дело… У тебя не будет… сам понимаешь… взаймы?

Николай чешет кадык. Я вынимаю деньги. Через полчаса хозяин возвращается с бутылкой.

— Твоя дома? Давай махнём по рюмке.

— Слушай, — говорю, — вообще-то я работаю.

— Работа не волк, по сто — и я убёг. Не могу один, как ханыга.

Сперва я по наивности решил, что это в счёт квартплаты. Ты занял, я вычел, правильно? Неправильно.

— Я с вас по-божески беру, — обиделся Николай, — такая квартира дороже стоит. Мне знающие люди сказали: продешевил ты, Коль, продешевил. Такая квартира — двести пятьдесят самое малое.

Бог заговорил со мной о регистрации, хозяевах и жизненном пути в неподходящей обстановке. Или в самой подходящей — ему видней. Есть гипотеза о том, что навязчивые мысли сбываются. Якобы мы задаём себе цель. Четыре года я боялся попасть в обезьянник. Четыре года (и потом ещё двадцать) бегал от ментов в ночных кошмарах по тоннелям и эскалаторам. И вот я здесь, в набитой аутсайдерами клетке Бабушкинского РОВД. Запах блевотины и хлорки выедает глаза. Ещё пахнет мочой, бомжами, страхом, но это общий фон.

Как меня поймали? Cherchez la femme. Со мной на кафедре работала Татьяна Анастасьева. По документам — русская, москвичка. А по фейсу — что угодно от вокзальной гадалки до Пенелопы Круз.

Уместно смотрелась бы на корриде, верблюде, стамбульском базаре. Однажды, смеясь, рассказала историю. На улице пристали цыгане, балаболили по-своему, одна схватила за руку. Татьяна вырвалась, брезгливо оттолкнула. «Пхагэл тут одэл! — крикнул цыганка. — Давно, коза, из табора отмылась?!»

На Бабушкинской мы читали курс «Стресс учителей и методы его преодоления». Я — бывший учитель, Татьяна — бывший методист. Кто мог лучше раскрыть эту тему? Раскрыли, двинулись к метро. Я не хотел идти с Татьяной, её часто останавливали. Броская внешность, цветастая шаль, менты тоже скучают...

— Молодые люди, документы предъявляем.

Меховой зверёк из пяти букв шевельнулся в животе.

— Так-та-ак... Вы, девушка, свободны, а ты — пойдёшь с нами.

Паспорт исчезает в недрах серого бушлата.

— Куда?

— В зоопарк. Пошли, чего стоим!

— Я тоже пойду! — Татьяна пристроилась рядом. — Ребят, отпустите, ну в чём проблема? Человек в командировке, нас люди ждут...

— Где временная регистрация? Командировочное, билет?

— Нету, — говорю, — так вышло.

— Значит, посидишь до выяснения.

Я вспомнил про двадцать баксов.

— Командир, может, договоримся? У меня штраф в паспорте, за обложкой.

Менты переглянулись.

— В следующий раз.

— Не повезло тебе, земляк. У нас план не выполнен, и смена кончается.

Идём сквозь мини-рынок. Группа чеченцев шумит у ларька. Татьяна вновь заговорила:

— Мы же свои, русские люди! Вон — их проверьте, и будет вам план.

— Ошибаетесь, девушка, — старший качнул головой, — они все с регистрацией.

В РОВД били двоих. Сначала одного — гуманизатором по рёбрам, затем второго — ногами. Менты тут были злые, красномордые, усталые. Я сразу понял, как себя вести — молча. Да. Нет. Готов заплатить штраф. «Заплатишь, — сказали мне, — потом». Забрали сигареты, кошелёк, толкнули в обезьянник. Внутри тесно стоял народ. Многие кашляли. Кто-то вполголоса матерился. Кто-то долго и трудно блевал. Хотелось скомкаться, не дышать, в идеале — стать мыслью.

Миллионы невиновных отсидели в лагерях, людей пытали, убивали ни за что. Позорно жалеть себя, и всё-таки... Конец двадцатого века. Почти цивилизованная страна. Трезвый, мирный человек идёт с работы — его бросают в клетку. Почему?

Государство считает меня недостойным витрины. «Место!» — командует оно и похлопывает дубинкой о ладонь...

— А не послать ли это государство на хер? — произнесли над ухом. Голос привёл в движение ряд смутных образов. Пыль, сдуваемая с грампластинки. Тикающий часовой механизм. Липкий шелест фотоальбома... Я зачем-то оглянулся и сказал:

— Давно пора, но... страшно. Опять всё с нуля. Ты бы вытащил меня отсюда, Господи.

— Сами отпустят. Я по другому вопросу. И оставь эту архаику, называй меня...

— Высший разум?

— Фу, как пошло. Голос вселенной.

Я хотел сострить, но промолчал. Он догадался.

— Слушай и не перебивай. Ты говоришь: «за что?», «несправедливо», «разные стартовые позиции». Ты ноешь: кому-то — много, бесплатно и сразу, а тебе — остатки, втридорога и потом...

— Я такого не говорил.

— Молчать! Запомни: важно не имманентное, а трансцендентное. Не то, что дано, а как использовать. Попытка сделать рывок, качественный скачок из одного мира в другой. Привилегия нескольких жизней. Шанс узнать, человек ты или мох. В этом — твой смысл. Завтра едешь в австралийское посольство. Потом — в новозеландское. Берёшь анкеты, формы, списки документов. Решаешь, куда проще отвалить. Затем — нотариус, подтвердить квалификацию, сдать языковой тест. Канительно, дорого, но выполнимо. Готов?

Я кивнул. Тотчас лязгнул засов, решётка в новую жизнь отворилась.

— Неволошин! На выход.

* * *

Допустим, я остался в Мюнхене. Стал бы теперь бюргером в кожаных штанах, пил бы Löwenbräu. Хотя я и так его пью, не в этом дело. Просто интересный был момент: развилка, точка ухода в альтернативную жизнь. Без диссертации, степени, Новой Зеландии и Австралии. С альпийскими озёрами, Швейцарией и Веной. В пугающе уютном, домашнем городе. В неизменной компании женщины, с которой не надо быть сильным, храбрым, успешным, вообще никем другим.

Сначала нелегально, а какие варианты? Я там за год понял кое-что. Тридцать лет совка — хорошая закалка: где угодно выживешь, тем более в Европе. Тем более ко мне жена приехала. Она ещё не была женой, но шло к тому. Соблазн остаться грыз меня насквозь. Лежу в постели с девушкой мечты и насилую извилины: что делать? Какой план? Через день она уедет, потом вытаскивать сложнее. Немецкий я освоил, где чёрная биржа труда знал. Шварцарбайт, мойки-стройки, уборка конюшен — два человека. Жесть, но мы бы справились. Не это меня остановило.

Моё невозвращение стало бы проблемой. Во-первых, для приятеля, который запихнул меня сюда. Приятельство наше было компромиссным, вымученным. Напоминало пьесу в театре К. Барабаса. Но время актёрского бунта ещё не пришло. Во-вторых, я сломал бы планы тех, кто готовился ехать следом. Фонд Sonnenstrahl, оплативший учёбу, кисло бы воспринял инцидент. Немецкие коллеги тоже. Я не фанат кидать людей, Платон мне друг, но майка ближе к телу. Судьба один-то шанс даёт нечасто и не всем.

Диссертация — вот главная причина. Незащищённая, а лучше — беззащитная. Продукт «любви горящей, самоотвержения, трудов, усердия» и т. д. Аспирантура, три года зависания на острие, на высшей точке чёртова колеса. Сотни незаметных часов в Ленинке. Мягкая упругость клавиш, щёлканье литер по бумаге. Шрифт как спасение от хаоса. Толкотня умов, холодный блеск интриг. Экзистенциальная свобода, догадки, изумления, осознание всё более глубокое, что ты по-прежнему не знаешь ничего.

Если бы я защитился в мае… Обрёл бы законные полчаса славы, ваковские корочки. И осенью — grüß Gott, München. Может, видел бы сейчас другие горы за окном. Моими рецензентами были два профессора, старых, заслуженных хрена. Оппонентом — миловидная дама без глупостей, завлаб психологического института РАО. Научный руководитель объяснила мне, что расклад сил на кафедре мутный, однако эта троица — гарантия успеха. Главное — молчать, кивать, благодарить.

С оппонентом мы встречались дважды в институтском коридоре. Всякий раз дама куда-то спешила. «Диссертация в порядке, — был её вердикт, — есть пара скользких мест, я их там отметила. Именно о них спрошу вас на защите. Важно, чтобы это сделала я, а не кто-то другой. Конкретику согласуем по телефону».

Рецензенты отнеслись к делу серьёзнее. Оба пригласили меня домой. Квартиры их были с похожим музейным душком. Лепнина, абажуры, тиснёные обои. Кабинеты, заросшие диванами, бумагами, шкафами. Что-то в рамочках курсивом под стеклом. Остро не хватало чая в подстаканниках. Чтобы дымок, мельхиоровый звон и горничная в фартуке с подносом.

Я быстро догадался, что первый рецензент диссертацию не читал. Он ещё быстрее понял, что меня это устраивает. Хитрый, подвижный старикан, лицо в красивых розовых мешочках. Санта-Клаус без фальшивой бороды. Дальнейшая беседа отличалась светскостью. То есть готовностью забыть собеседника раньше, чем он удалится.

К наезду рецензента номер два я оказался не готов. Настолько, что захотел выйти и сверить адрес. И обрадоваться, что попал не туда. Он раскатал меня, как прапор салабона — весомо, грубо, но без мата. Виртуозно прошёлся по грани, ни разу не соскользнув, а было куда. Спец по военной психологии, генерал-майор в отставке. Возможно, в прошлом его где-нибудь контузило.

«Вы издеваетесь? — он потряс моей рукописью. — Какая... ынт... досрочная защита?! Да я этот текст... мм-бт... к совету близко не пущу! Диссертация сырая, как недельная портянка! Кха-к-кхэм... Дилетантизм и выпендрёж! Ну и соискатели пошли... О бабьих хвостах больше думают, чем о работе. Ничего. Не из таких буратин выстругивали. Работать! — он хлопнул диссертацией о стол. — Пахать! Ещё как минимум до осени. Записывай, во-первых...»

Диктовал он быстро, я конспектировал почти автоматически. Отдельные фразы потом удалось разобрать:

...введение жидкое — добавить мяса...
...иностранные термины заменить отечественными...
...невнятно — отделить мух от плевел...
...логика хромает — кто на чём стоял...
...всю главу переписать в русле Ломова...
...слишком много Фрейда — заменить Ананьевым Б. Г.

Меня охватил ужас. Я бросился к научному руководителю.

— Ольга Павловна! Это что-то странное… Фёдор Кузьмич, он вообще… как бы… здоров?

— Вопрос неправильный, — усмехнулась начальница, — вторая попытка. Кстати, он уже звонил.

— Что мне делать-то?

— Вот. Не соваться к нему до осени. Учесть все замечания, сделать косметические правки.

— А если снова завернёт?

— Не завернёт. У него метод такой: сначала шумит, потом хвалит. Ты же понимаешь, деду надо удержать самооценку. Показать, что он ещё не реквизит.

— Да, но откладывать защиту, переделывать готовую работу?

Начальница поморщилась.

— Объясняю. Фёдор Кузьмич — тёмная лошадка, бомба с секретом. На защите его может понести. Поэтому важно, чтобы он был с нами. Тогда ситуации обратная. Его положительный отзыв — бетонная страховка от сюрпризов. Если кто и вякнет не по делу — он порвёт.

Расстроился я не особенно сильно: грамм на двести и поговорить. Вадим, по счастью, оказался дома. Помню, тема Мюнхена возникла именно тогда. Однако не раньше, чем я поделился событиями дня. Не раньше. Но до второй бутылки точно. Мой сосед по комнате — друг, враг, педант, невротик — уважал точный расчёт.

— Хочешь поехать в Мюнхен на год? — сказал он как бы вскользь. — С октября по июнь. Интернатура в местном университете. Всё, кроме билетов, оплачено: жильё, стипендия. Решать надо быстро.

— Я предпочёл бы Итон. Или Стэнфорд.

Он покачал головой.

— Без шуток. Своё место отдаю. Цени, сынок.

— Тогда не понял. Что за интернатура? Что за место? Рассказывай.

— Всё просто. Или сложно, — начал он, — шеф осенью уходит с кафедры, сам знаешь. А без него мне защититься не дадут. Ты сразу две не мог взять? Идём, по пути расскажу.

Несколько лет мы ошибочно считались друзьями. Этот альянс удивлял многих, включая нас самих. Шло время окончательной фильтрации людей. Случайные, чужие не оказывались рядом. Всему существовал мотив. Я был адаптером Вадима для контактов с миром нормы. С бесхитростными чувствами, логичными поступками. С лиризмом забегаловок, нетрезвым женским смехом, интимом общежитских дискотек. Я был одёжкой, по которой нас встречали. Взамен мне удавалось заглянуть в его реальность. Примерить обсессивно-компульсивное расстройство. Впустить сквозняк абсурда в предсказуемый сюжет.

Скучных индивидов в поисках гармонии тянет к маргиналам. Путь тупиковый, что выясняешь годам к тридцати. Гармонии нет, есть только приключения на свою задницу. В юности среди моих друзей преобладали фрики. Один мог на спор закусить фужером. Этот фокус часто помогал нам расплатиться в кабаках. Фокусник окончил школу с пятью двойками. Впоследствии стал мини-олигархом. Другой приятель на собрании филфака пытался сжечь билет ВЛКСМ. Отчислили немедленно. Сейчас он — знаменитый журналист. Ещё один, скрываясь от долгов, фиктивно утопился. Записку нашли быстро, тело — месяцы спустя. Лет через семь некто похожий был замечен в дауншифтерской тусовке на Гоа. Чтобы подняться над собой, — размышлял я, — необходимо быть отчасти сумасшедшим. Подцепить эту заразу в лёгкой форме и развить иммунитет.

Меня не беспокоили компульсии Вадима. Балетные движения у окна. Выбрасывание в форточку невидимого сора. Книксен на пороге общежития. При этом всякий раз сосед чего-то бормотал. Сперва мне показалось: «дай нам, Господи, святой час», затем: «чур меня, чур, нечистая сила». Наконец, прислушавшись, я уловил: «каждый охотник желает знать, где сидит фазан». Словом, учебное пособие, которое всегда рядом. Спит, ест, ходит в общий туалет. Порой совокупляется, когда тебя нет дома.

Без шуток, я сочувствовал Вадиму. Не только из природной мягкотелости. Я знал, что в голове его живёт шуршащий страх. Боязнь нелепых ситуаций, потери контроля, ошибок, идиотов, вообще людей. А как иначе? Люди — главная проблема. Дай возможность — накосячат, кинут, солгут. Но и страх одиночества тоже. Потому что одному за всем не уследить. Потому что на войне кто-то должен прикрыть твою спину.

В последний год аспирантуры Вадик много стрессовал. Ритуалы его сделались затейливей и чаще. Выражение фоторобота подолгу зависало на лице. Пару раз в неделю он ходил на тренинги. Психодрама, транзактный анализ, НЛП. Помогали они слабо. После них хотелось выпить. Вадим с энтузиазмом обратился к алкоголю. Выпивка творила чудеса. Сосед мягчел, тянулся к обществу, имел успех у дам. Очки его взволнованно блестели. Чудаковатость выглядела стильной, язвительность — загадочной. Скептицизм принимался за мудрость и жизненный опыт.

Удивительно — хотел о Мюнхене, а получается о Вадике Дроздове. Как он пролез в этот рассказ? Сочинительство напоминает мне прогулку с любознательным ребёнком. Расслабишься, отпустишь — бежит невесть куда. Задумаешь, допустим, новеллу о грибах — выходит повесть о собаках. А проницательный читатель видит комплекс неудачника. Или, не дай бог, тоску по хохломе. Что же, прицепить дитя на шлейку? Или проследить, куда оно спешит? В какой чулан успело сунуть нос?

Дроздова в моей жизни было лишнего. В метафизическом пространстве — тоже. Кстати, вычистить последнее значительно трудней. Однако в этой тёмной комнате роль бывшего соседа видится иначе. Тут у него звёздная роль. Миссия. Без него я не попал бы в Мюнхен. Город, который отредактировал меня, нет, переписал заново. В новой версии я знал, что счастье — производная времени и места. Но больше всё-таки места. Что хорошо там, где мы есть, надо только это место отыскать. Что город можно полюбить, как существо. Мало того, он способен ответить тебе взаимностью.

«За верный угол ровного тепла я жизнью заплатил бы своевольно...» Эта строчка некогда казалось мне абсурдной. Какой резон платить за угол, если там не жить? А просто — убедиться, что он существует. Увидеть свою выемку в стотысячном пазле земли. Искать, ошибаться, не разминуться — возможно ли? Впрочем, есть надежда, что поиск идёт с обеих сторон. Места тихонько, исподволь отбирают себе людей, подают им знаки. Мюнхен получился репетицией отъезда насовсем. А хотел бы стать премьерой. Сходя по трапу, я почувствовал тепло. Необычное для октября, ровное. Затем бегущая дорожка, текучие огни. Зал, наполненный сдержанным эхом... Таможенник равнодушно соскользнул на английский.

— Цель приезда?

— Учёба, — ответил я. И улыбнулся внутри.

Marlboro, Camus, Panasonic… Lufthansa, Adidas… Задумчивые манекены, деликатный свет из ниш, гламурная отрава дьюти-фри… Совершил посадку рейс компании «Дельта» из Майами… Ароматы кофе, горячего пирога с ягодами, чего-то новогоднего, трогательного, еле уловимого (ваниль? корица?). Джазовая тема бара. Знакомая по фильмам речь. Звучала она тихо и совсем по-человечески. Европейцы, как водится, демонстрировали стильный пофигизм, решительно отказывались быть толпой. Даже торопились они элегантно. Цветные, обтекаемые чемоданы двигались за ними будто сами. Я замедлил шаг. Город пытался мне что-то сказать. «Entschuldigung», — прозвучало за спиной, и люди обогнули меня, будто остров.

Над головами встречающих мелькнула знакомая фамилия. Мой взгляд поймала девушка в оливковом плаще. Тревожная улыбка, прохладная ладонь. Криста, аспирантка, из особых примет — веснушки и новый фольксваген. Хорошенькая немка — такой же оксюморон, как плохой автобан. И пусть, нам отвлекаться ни к чему. Тем более, что на спидометре — двести. Ландшафт воспринимался приблизительно. Моего немецкого хватило на короткий диалог.

— Как долетели?

— Пациент скорее жив…

— Сейчас поедем в кампус. Поселю вас, отдохнёте. Завтра можно посмотреть Октоберфест. В понедельник ждём в лаборатории. Это рядом, вам любой покажет.

— Спасибо, Криста. Вы чудесная.

— Никаких проблем.

За окнами темнело примерно с нашей скоростью. Уплотнились здания, вспыхнули огни. По салону двинулись тени. Уютно замерцала приборная доска. На светофоре Криста включила радио. Группа Eagles угадала моё состояние: «Take it easy, take it easy. Don't let the sound of your own wheels drive you crazy...» Бесцеремонно вклинилась заставка новостей. Я узнал слова «Москва» и «танки». Фамилию «Хасбулатов» диктор исказил.

Утро. Теоретически я понимал, где нахожусь. Комната выглядела чистой, светлой и пустой, как новая жизнь. Минимум предметов в стиле IKEA, умывальник, зеркало. Остальные удобства — извне, но главное — свободны. Я привёл лицо и тело в относительный порядок. Тишина на этаже удивляла сама себя. Будто дом, привычный к шуму, кто-то разом обеззвучил. Затем удалили людей. Тут, словно по ошибке, вдали проснулись кухонные звуки, голоса. Их тотчас приглушили. Заодно мой аппетит сместили влево от нуля. Не хотелось даже кофе. Я поспешил на улицу.

Так не бывает, — вот первая мысль. Я этого не вижу. Пространство, населённое людьми, не может быть настолько безупречным. В реальном городе всегда найдётся трэш. Какая-нибудь лишняя труба, архитектурное безвкусие, шум стройки, теснота, ненужный запах… Мюнхен этот факт опровергал, как идеальное эстетическое высказывание. Метафора навылет, афоризм по шляпку. Сказка, отшлифованная временем, гравюры фон Каульбаха или Доре. Возникло смутное, знакомое по книгам чувство: я вспоминаю город, в котором не был, а он — меня. Очная ставка зазеркалья с бытием. И наконец глубокий вдох: я дома.

Это чувство испугало меня дважды. Второй раз — в Сингапуре через много лет. Ощущение шпиона, «спящего» агента, который долго выживал бог знает где. Потом о нём забыли, он смирился, оброс историей, привычками, друзьями. Чужбина стала родиной, легенда — биографией. Другая жизнь — абстрактной, как линейный интеграл. Пустота в душе неплохо заполнялась алкоголем. Но где-то в пыльном шкафчике сознания хранился город-ключ. Невыразимый эпитетами и глаголами, сверхфокусный, кукольный мир, лавка игрушек за час до открытия. Шли годы, и однажды кто-то вычислил таинственную дверцу. И выступы бородки надавили на засов.

Синхронно этот кто-то изменил настройки дня. Добавил чёткости и яркости, перенасытил воздух кислородом, убрал шумы и гравитацию. Я двигался, не замечая собственного шага, вернее, город медленно скользил навстречу. Открывались новые улицы и здания — светлые, бежевые, кремовые, всех тонов песка. Блики окон в тёмных рамах напоминали о картинной галерее. Карминовая черепица — о спинах древних рыб, фахверк — о гигантской азбуке. Мансардные балкончики для эльфов и цветов выглядывали из крыш.

Эклектика отсутствовала напрочь, хотя дома имели лица. Одни сверкали витринами, радовали глаз знакомой лексикой: Müller, Apotheke, Deutsche Bank. Другие затаились в палисадниках среди остроугольных елей и тлеющих красок осени. Дома были разными, но совпадали, как шестерёнки в часах. Будто город создавался целиком каким-то гением дизайна. И — лёгкая, сквозная тишина, в которой можно потерять или найти всё что угодно. Скоро я узнал, что воскресенье здесь немое до полудня. Верующие — в кирхах, остальные спят. Но тогда это казалось спецэффектом. Совпадением героя, зрителя и автора.

В тот день я полюбил ходить пешком и одиночество. До того прогулок избегал, а одиночество старалось избегать меня. С годами любовь опасно усилилась. Порой я чувствую соблазн уйти и раствориться в пейзаже. Как Лев Толстой или Гоген, песочком, босиком. Чтобы потом спросили (если спросят): а где он, этот… как его? Ушёл куда-то. Ну и бог с ним.

К полудню впереди открылся парк, блеснуло озеро. На берегу паслись упитанные гуси. Готическая вывеска «Biergarten» украшала перекладину ворот. Десяток посетителей углубились в тайны своих кружек. Я это понял как знак. Единственная денежка, пятьдесят марок, купленная в обменнике на Тверской, беспокойно шевельнулась рядом с сердцем. Не увлечься бы. Далее — неясная стипендия, финансовый туман. Да гори оно! Знак есть знак. И я уселся за ближайший столик.

О подобном заведении упоминалось где-то у Войновича. Там были вывеска и парк. И озеро с гусями. Я вспомнил, что писатель живёт в Мюнхене. Даже огляделся повнимательней, а вдруг...

— Grüß Gott, — сказали над плечом.

Войнович стоял рядом. В тужурке с логотипом, в сине-белом фартуке. То есть это был официант, но здорово похож. Коренаст, богатая седая шевелюра, диссидентский прищур. Я не удивился.

— Недавно в городе? — уверенно спросил он.

— Первый день.

— Нравится?

— О-о-о... — я качнул головой.

— Пива? — ещё твёрже сказал он.

— Безусловно.

Он распахнул меню. Читать не имело смысла. Цены смотрелись почти вменяемо.

— Хм... — помедлил я, — а какое пиво самое лучшее?

Войнович поднял бровь.

— Löwenbräu, конечно. Ты в Баварии, дружок.

Я совершил долгий заныр в кружку. Уф... Повторил. Затянулся первой в этот день сигаретой... И поймал ощущение небытия. Паузы. И понял, что никуда отсюда не уеду.

Тот же город шесть месяцев спустя. Ночь, слегка разбавленная утром. Девушка мечты пошевелилась рядом тёпленько. Пробормотала нечто вроде: «Ты не спишь? Я тоже попытаюсь...» И поуютней завернулась в одеяло. Сейчас она проснётся, я скажу: «Останемся?» И она вдруг согласится, что тогда? Закончатся каникулы, появятся студенты. Левого человека в общежитии вычислят на раз. Значит — снимаем жильё. Значит — деньги. Стипендии не хватит, интернатура — побоку. Немедленный поиск работы, не когда-нибудь — сегодня. Заждались нас там, ага.

Страшно рисковать. Страшно оставлять любое барахло — в шкафу ли, в голове. Стать никем. Пройти сквозь нищету, забить на диссертацию и степень. Но — с любимой женщиной и городом — вместе, сразу — мало? Стать нотой, жестом, частью этого манерного, замедленного праздника. Или заткнуть уши, отвернуться... вернуться. За верный угол ровного тепла... Ну так плати, засранец.

А если она скажет «нет»? У меня тоже диссертация. И мама нездорова, и вообще. Нельзя так — в омут головой. Без визы, нелегально, как мыши в подполье. Без нормальной работы, медстраховки… пять лет, десять, сколько? Нет, защитимся и уедем по-людски. Это будет правильно. Только мир непредсказуем, а жизнь полосата. Ну как через год закроют дверцу? Запретят сюда, не выпустят оттуда. А сейчас мы уже здесь, вместе — уникальный шанс. Возвращение эстетически ущербно, неприемлемо. Это как лечь в несвежую постель. Вернуться и до конца дней терзать себя: ведь было же, было. Вот оно, в руках…

Утро поменяло розоватый цвет на бледно-фиолетовый. Погасла утомлённая реклама гастронома «Tengelmann». Автобус пересёк квадрат окна. Холодно… Я вдруг осознал, что давно нахожусь не в постели. А бессмысленно разглядываю улицу, собирая с подоконника невидимые крошки. Я догадался, что сейчас произойдёт. Остановись, безумец! — прошептал рассудок. Но что-то в тёмной глубине сознания, неодолимое и подлое, одержало верх. Движением танцора оно выбросило «мусор» в форточку. Виновато оглянулось и произнесло: «Каждый охотник желает знать, где сидит фазан».

* * *

Отмечали резиденс биолога Лашкова или отсрочку депортации, не все гости знали повод. Поздравляли с тем и этим, дважды спели «happy birthday», хозяин не возражал. Муниципальная квартирка потеряла размеры, дверь — остатки смысла, холодильник наполнился подарками. Юрий Лашков, исследователь москитов, прибыл в Веллингтон из Новосибирска для соединения с женой. Но пока оформлял бумаги, ждал визу, то-сё, жена соединилась с местным лоером. Статус Юры временно завис. И вот, с помощью мужа бывшей наконец-то прояснился. К пятому часу утра из напитков остался разливной джин без тоника. Из закусок — вчерашнее горячее.

— Я её понимаю, — рассуждал биолог, сервируя жареный картофель, — Винсент — нормальный мужик. Ей с ним ловчей и детям тоже. Спросят, допустим, в школе: кто ваш папа, и что им говорить? Хрен в пальто? Там я был завлаб, а здесь...

— Юр, хватит уже, целый вечер слушаем про твою шалаву, — заметила Татьяна, грубая, прямая женщина, бывший начальник общепита. — Был всем, стал никем. Сенсация, блин. Я пол-Владика имела вот так, — она громко щёлкнула пальцами. — У меня квартира была... пятикомнатная, и везде — люстры.

— Ну и зачем уехала? — спросил Артём Самарский, поэт, музыкант, невзошедшая звезда российского шансона. Человек в компании новый, иначе не спрашивал бы.

— Подставили меня, Артемий, — Татьяна помрачнела, — развели, как малолетку, до сих пор трясёт. Валить надо было срочно и куда подальше. И чтоб меня забыли. А забывчивость больших людей стоит очень дорого.

— Забыли?

— Надеюсь. Ты-то сам чего забыл в этой дыре?

— Я-то? — Артём довольно усмехнулся, он ждал вопроса. — Я эмигрант стихийный, климатический. Мне нужен ветер, океан, циклон. А российская погода для меня как несвобода. О, в рифму заговорил.

Он подтянул к себе гитару. Приобнял, взял аккорд, другой. И вывел хорошо поставленным кабацким баритоном:

Спой нам, ветер, про синие горы,
Про глубокие тайны морей,
Про птичьи разговоры, про… мм…

— Дикие просторы, — подсказал кто-то. Артём кивнул.

Про дикие просторы,
Про смелых и больших людей!

На слове «больших» он подмигнул Татьяне.

— Не-а, — сказала Татьяна, — климат здесь — тоже говно.

А мне ответ барда понравился. Отъезд как жест. Как поиск родственной стихии. Поэтично, двусмысленно — берём. Раньше мы с женой были эмигранты просто так, отчего испытывали лёгкий дискомфорт. Для политических — излишне мягкотелы. Для колбасных — чересчур погружены в себя. Да и кормили нас в отечестве терпимо. Холодильники существовали помимо магазинов, люди — в стороне от государства. Шили самопал, читали самиздат, гнали самогон. Фарцовка увлекала, как искусство или спорт. Правильные джинсы лидировали в топе ценностей, обгоняя дружбу, любовь и не получить на танцах в морду. По воскресениям улыбчивый мерзавец в телеке рассказывал о дальних странах, где нам не светило побывать. Претензии к властям носили больше эстетический характер. «В связи с чем выезжаете на ПМЖ?» — спросили моего знакомого в ОВИРе. «Чтобы не слышать, как поёт Кобзон! — ответил тот. — Не могу жить в одной стране с Пугачёвой, Кобзоном и Асадовым». Претензии верхов к низам были до зевоты симметричны. Сегодня ты закуришь «Кент», а завтра — вражеский агент. Помните? Сегодня наливаешь виски, а завтра ты — шпион английский. Тех, кто слушает «Пинк Флойд»… ну и так далее. Ощущение, что ты — внутри анекдота, который давно перестал быть смешным.

И это всё? Не всё. Я задаю себе вопрос: допустим, разрешили бы тогда любую музыку, фильмы, книги. Никакой идеологии. Никакого дефицита. Кожаный верх, замшевый низ, дeним за полцены, сервелат в нагрузку. Туалетная бумага с фейсами вождей. Битлы на Красной площади с оркестром. Папа-генерал, МГИМО, квартира в центре, дом за городом... Уехал бы я всё равно? Уехал бы. И жена бы уехала. Значит, дело в климате.

К отечеству я в целом равнодушен. Любить и обижаться — не за что. Гордиться мне привычнее своими косяками. В ностальгии ощущаю фальшь. Хоть та земля теплей, а родина милей. Помню, репетировали в садике. Я думал: теплей — понятно, измеряется в градусах, а милей — это как? И почему? И сравнить не помешает. Или вот: хоть похоже на Россию, только всё же не Россия. В чём разница-то? С чего тоска? Не опохмелился вовремя? Люди меняют нечто более интимное, чем страны. Например: супругов, внешность, пол, мировоззрение. Нелепо заморачиваться из-за территорий, где нас без спросу извлекли на свет.

Итог самоанализа — коктейль «Родина»: 30 мл печали, 40 мл досады и 60 мл удивления. Потрясти в шейкере, добавить три-четыре кубика страха. Но о страхе потом. Удивление интереснее. Только по нему я узнаю себя в нуаре детских фото. Вот — коллективное сидение на горшках. Кто это снимал и зачем? Общий энтузиазм, лишь на одной физиономии скепсис. Первое сентября, костюмчики, цветы. Какой-то пионерский балаган. Здесь лица уже разные: скука, мука, пустота... недоумение. Стоп, это я.

Смутная идея ошибки — ровесница моей памяти. Чувство, будто меня с кем-то перепутали. Сомнения колобка, попавшего в набор гостинцев для бабушки. Полумрак, и тебя куда-то несут. Рядом пироги, масло — вроде свои, а контекст не тот. Какого хрена я здесь делаю? Кто меня сюда заслал? Всё не так, ребята.

Оказаться сразу в подходящем месте — редкая удача. Такая же, как найти работу, где зарплата кажется бонусом. Или человека, с которым нестрашно стареть. Нет, я понимаю, родиться можно в Кении или Сомали. Однако там есть преимущество незнания. Сообразить, в какой ты зопе, просто некогда. Чуть задумался — тебя уже едят.

СССР давал возможность размышлений. Углубился — и хоть не выходи. В очередях, например, славно размышлялось. На автобусных остановках. Я думал: неужели это всё моё? Эти косматые бараки, сталинки, хрущёвки, чёрные дыры подъездов. Сквозняки присутственных мест, решётки на окнах, кирпичная тяжесть школ... Моё, да? Или всё-таки чужое? Необходимость мимикрии. Ежедневное исчезновение какой-то малости себя, фрагмента, пикселя. Чёрно-белый фон девять месяцев в году. А главное — холод внутри и снаружи, холод на букву «ша». Шарфы, шубы, шапки, подштанники с начёсом. О, мерзкая ноша! О, вечное, изматывающее, горькое ожидание тепла!

Неплохая, кстати, фраза: страна ожидания тепла.

Но если здесь я лишний, то где — свой? Ответ родился на премьере «Фантомаса». В нашем городке это событие вспоминают до сих пор. Кинотеатр давила очередь, народное цунами сметало билетёров. Милицию колбасило. Хулиганьё с колготками на лицах терроризировало винный магазин. Я видел фильм четырежды, два раза «на протырку». Единодушно с залом цепенел от страха, восхищался, ржал, как типичный подросток-дебил. Пока экран не заполняло ослепительное море. Левитация утёсов, одинокий пляж. Цвета воды, песка и гор могли составить флаг. Шоссе напоминало почерк гения. «Остановитесь! Мне сюда!» — кричал далёкий голос. Но фильм, исполнив миссию, катился прочь.

Словосочетание «Лазурный берег» я узнал лет через восемь. Образ долго был свободен от захватанного, глянцевого имени. Он созрел до идеи пространства, куда меня надо вернуть. Стал более предметен, чем реальность. Запустил программу в голове. Превратился в цель и смысл. Дневник украсили пятёрки по английскому. Рисунки в тетрадях достигли высот мастерства. К морю, пальмам и чайкам добавились яхты. Следом — человек в шезлонге с книгой, закатная дорожка на воде. В девятом классе у героя появилась сигарета. В десятом — стильная бутылка и фужер. Теперь на вопрос «Кем ты хочешь стать?» я честно отвечал:

«Колобком. Чтобы свалить от вас к едрене фене». Шутка. На самом деле я говорил: «Оператором машинного доения». Ещё я понял, что такое одиночество. Это не отсутствие друзей. Это когда не с кем поделиться главным. Когда друзья устроены иначе, а родители ещё не доросли.

Маленькая пустота в груди увеличивалась вместе с телом. Тоска по равновесию и цельности, ностальгия наоборот. Отчасти её заполняли книги. Читал я бессмысленно и беспощадно, почти не отвлекаясь на еду, школу, сон и романтические терзания. В юности книги слегка потеснил алкоголь. Я выучился читать нетрезвым, зажмурив один глаз, иначе буквы расползались, как насекомые. Алкоголь и книги объединились в борьбе с действительностью. Дружно отодвигали её, как рабочие сцены — использованную декорацию.

И открывалось море. Тёплый ветер с берега, запах нездешних растений. Холмы из зелёного фетра, и среди них, подобный бабочке, весёлый, разноцветный город. Там небо другое, люди другие — открытые, улыбчивые, светлые. А как иначе, если носишь шорты и сандалии круглый год? Там нет понятий «ждать» и «спешка». Сандалии — обувь медленная. Время — не мера, его нельзя потерять. Оно невесомо, бесплатно, как воздух. Цикличность бытия разомкнута, в сутках часов тридцать или пятьдесят. Или сколько надо. Там низкие кусты вместо оград, атласные закаты и неуверенность: какой теперь сезон. Новый год определяют по ёлкам в супермаркетах. И наконец, — всё это далеко.

Короче, город Веллингтон я себе придумал. Ошибки исключались: я знал, что реальность — плагиат вымысла. Энциклопедии могут соврать, фантазия — никогда. Оставалось лишь уехать в сочинённый мною город. Что может быть разумней и естественней? Только свалить туда вместе с женой.

— От проблем не убежишь, — сообщил один друг, — их надо решать.

— От себя не убежишь, — интимно поведал другой.

— Ты и есть проблема, — догадался третий, наиболее успешный и богатый. — Захандришь — возвращайся. Возьму на работу.

— А хрен вам, — сказали мы с женой.

Нам было чуть за тридцать. Пара кандидатских, четырнадцать рабочих мест, восемь арендованных квартир. Плюс движимое имущество — одна сумка. Минус родственники там, перспективы — здесь, деньги — везде, то есть нигде. Между тем утихала гульба и пальба девяностых. Заграница нас любила, но уже без огонька. Просвет легальной эмиграции сузился до размеров небольшого ангела. Выпускали хмуро, брали привередливо, едва ли не обнюхивали, морщась. Бумажных дел мастера изгалялись с обеих сторон. Типичная история, увлекательность которой обратно пропорциональна её длине. Даже в романах-бестселлерах она заменяется фразой «незаметно прошло два года».

Улетали мы как-то буднично, аж досада взяла. У людей отъезд на дачу выглядит значительней. В последний момент не раздался звонок. Проникновенный голос в трубке не сказал: «Останьтесь. Всё забудем и дадим». На Ленинградке и съезде к терминалу чудесным образом исчезли пробки. Толпа пьяных друзей с гармонью не явилась в аэропорт. Мы избежали прощальных объятий, напутственных слов и размытой косметики. Двое встречных ментов и овчарка были задумчивы, как аспиранты филфака. А ведь я готовился, почти хотел услышать: «Эй, стоять! Документы предъявляем. Ишь, собрались, умники. Мы, понимаешь, здесь, а эти гады — в Новую Зеландию. Пройдёмте-ка...» Нет, тишина.

Даже стук пограничного штампа не вызвал эффектных ассоциаций. Например, с аукционом или залом суда. Или со звуком гильотины. Какие сравнения пропали! Просто «тук» и «тук». Второй «тук» слегка запаздывал. Я оглянулся. Пограничница беседовала с моей женой. Напрягся, слышу:

— В Новую Зеландию?

— Да.

— На ПМЖ?

— Ну да.

Тётка в униформе с прищуром взглянула на жену. Увидела длинный лайковый плащ, нефритовые глаза. Ангельское лицо кинозвёзды семидесятых. И произнесла сочувственно:

— Говорят, там все мужики, как наши колхозники.

— Я со своим лечу, — ответила жена.

И обе с интересом посмотрели в мою сторону.

Очарование моей лучшей половины сродни инсайту или дежавю. Она приковывает и туманит взоры. В её присутствии сбиваются кассиры, банкоматы, светофоры и часы. В любом аэропорту жена подвергается назойливому вниманию контролирующих служб. Вначале меня это беспокоило. Затем я стал их понимать. Приятно докучать красивой женщине на законных основаниях. Заглянуть в косметичку, исследовать фигуру металлоискателем, обнюхать собакой. В крайнем случае — поговорить.

Следующий диалог произошёл в накопителе. Задерживалась посадка на рейс компании JAL. Пассажиры маялись в неудобных креслах. Вдруг где-то сбоку прорезалась дверь. Будто из стены шагнул японец в костюме и галстуке. Огляделся и двинулся прямо к нам. Ага, вот оно, — похолодел я. Но реальность оказалась круче. Японец опустился на колено перед моей женой и на внятном английском сказал:

— Простите за ожидание, мадам, небольшой форс-мажор. Двое пассажиров передумали лететь. Необходимо выгрузить их багаж, что займёт...

— Это не мы, — пошутил я.

Он проигнорировал меня с достоинством самурая.

— ...что займёт не более пятнадцати минут. Ещё раз прошу извинить.

— Спасибо, — чуть растерянно ответила жена, — но почему не объявить это для всех?

— О да, конечно, — самурай поднялся, — я ведь за этим и шёл.

Сбыча мечт, особенно розовых, — хитрая штука. Спросите Мартина Идена. Даже моментом насладиться трудно. Когда оно случается, ты ещё не веришь. Когда поверил, оно уже рутина. Я поверил с опозданием часов на семь. Не тогда, когда Боинг, взяв октавой ниже, превозмог четыреста тонн здравого смысла и земля стала быстро превращаться в карту местности. Нет, тогда это казалось путешествием. Ощущение родов возникло после Токио. Многочасовые, тяжёлые роды как финал двухлетней беременности. Я был одновременно акушером, новорожденным и матерью. И адрес доставки выбрал сам. Смерть здесь тоже присутствовала каким-то боком. Ведь эмиграция — не только смена места, языка. Ты сам меняешься четверти на три. Уходит морщинистый циник с тяжёлым анамнезом, появляется некто глупее, моложе, легче.

Сидней, «окно» между рейсами. Всюду голые ноги, открытые плечи, приветливые декольте. Джинсы выглядят извращением. У нас тоже есть шорты, но они в багаже. Вышли под убийственное солнце. Внутри зашевелилась самолётная еда.

— Знаешь, на кого мы похожи?

— М?

— На двух куриц-гриль. Их выпотрошили, начинили чем-то посторонним и сунули в горячую духовку.

— Смешно.

Попытка автобусной экскурсии. Проснулся я только раз. За окном волновался перекрёсток, гневно сигналили автомобили. На меня в упор смотрел блестящий, чёрный памятник. Казалось, он выполнен из гудрона и стекает на постамент.

Вторично мой сон оборвали глухие удары. Мы снова летели. Самолёт кидало вниз и поперёк, будто лодку по волнам. Небо и море похожи в этом смысле: обе стихии легко раскрывают тему как маленького, так и лишнего человека. Я вспомнил, что в Сиднее на веллингтонский рейс загрузилась команда баскетболистов. Теснота в салоне резко увеличилась. Запахло недавней победой и вискарём. Зазвучал неряшливый английский, в котором перепутаны все гласные. Видимо, ребята забыли пристегнуться и теперь стучались головами в потолок.

«Привет, девочки и мальчики, — раздался уверенный голос в динамиках, — это капитан Глен Вильямс. Мы подлетаем к Веллингтону, если кто забыл...» Говорил капитан чуть понятней спортсменов. Я успевал расставлять по местам его гласные. Уловил «столица ветров», «над проливом Кука штормит» и «сядем вовремя, но жёстко». Глен Вильямс недооценил свой профессионализм. В 23:45 мы нежно коснулись поверхности Новой Зеландии.

Аэропорт был какой-то ненастоящий. Напоминал замаскированный плакатами сарай. Тусклая реклама, болезненный свет, мягкая от пыли ковровая дорожка. Я долго искал подходящее слово. Заброшенность? Киношность? Имитация? Портал? Фокус в том, что слово это — не только про аэропорт. Оно из синонимов города. Нетронутость? Дизайн провинциального музея? Повсюду артефакты, экспонаты, а дотронешься — рука видна насквозь. Реальные здесь только океан и ветер. Слова, оценки приблизительны, ибо Веллингтон неопределим. Эскиз, туманный силуэт, ускользающая мысль. Покинув его, моментально теряешь уверенность в том, что он существует.

Но это после, а тогда я в оторопи думал: спокойно. Сейчас этот предбанник кончится, и начнётся человеческий аэропорт: дьюти-фри, кафе, вино и музыка, люди и прокат автомобилей. Началась, однако, улица. Сильный ветер дёргал темноту. Транспорт подозрительно отсутствовал. Пассажиры нашего рейса быстро и загадочно исчезли. Далеко, где ночь встречалась с океаном, мигали редкие огни.

— Ты понимаешь что-нибудь? — спросила жена. — Где мы?

— Для начала понять бы, кто мы.

* * *

«И наша любимая тема: погода, — развязно сказал диктор, — в Данидине ливень, местами град, ветер до семидесяти, одиннадцать градусов как бы тепла. Кто может, сидите дома, ребята. Крайстчёрч — максимум внимания за рулём, туман, небольшие дожди, пятнадцать. Веллингтон берёт сегодняшний джекпот. Лёгкая облачность, без осадков, семнадцать. В Окленде двадцать…»

Сверху рушился тотальный водопад. Авто сотрясало и плющило. Дворники не справлялись.

— Что за бред? — спросил я у коллеги, подвозившего меня. Тогда я часто задавал нелепые вопросы. — Лёгкая облачность?! В окно не могут посмотреть?

Коллега хмыкнул:

— Не исключено.

— Ну, позвонить. Узнать для интереса, какая у нас погода.

— Пока будут звонить, всё изменится.

В столице Зеландии климата нет. Точнее, он — вроде абстрактной картины. Понять можно так и эдак, и вверх ногами сойдёт. Можно и так понять, что это не живопись вовсе, а блажь и сумбур. Сезон здесь один: дождик, разбавленный солнцем, туманом и ветром. Коллизия быстро меняется в разные стороны, по очереди, вместе или как попало. Ветер целеустремлённо хлещет по физиономии, над городом летают мокрые зонты. Одежда и погода связаны только в головах недавних эмигрантов. Местным пофиг — всё равно ошибёшься. Одеваются по вдохновению, живут не суетясь.

Сначала в них трудно увидеть людей. Они кажутся выдумкой, созданиями Толкиена, Диккенса, Брейгеля. Их гардероб и даже лица напоминают реквизит. Откуда, из каких запасников и недр извлечены их старомодные, тяжёлые пальто? Накидки, макинтоши эпохи креативной географии? Ботфорты на платформе, кружева, боа из меха сказочных зверей? Из каких временных дыр явились эти башмаки, снятые аборигенами с первопоселенцев, эти древние морщины и глаза?

Здесь вещи не дряхлеют, а накапливают смысл. Любой предмет, от мотоцикла до игрушки, чинится, штопается, десятилетиями меняет секонд-хэнды и владельцев. И когда его цена уходит в область междометий, триумфально поселяется в антикварной лавке. Это не от бедности или скупости. Это —

чудом уцелевшая, иррациональная связь между вещами и людьми. Одно — продолжение другого в любом порядке. Ты не можешь выбросить свой характер, присвоить чужой или купить новый. То есть. Внешний облик человека не зависит от его статуса, доходов, интеллекта и прочей ерунды.

Когда профессор Хелен Мэй явилась на лекцию в розовом топе и алых бермудах, я испытал эстетический шок. Известный учёный, шестьдесят плюс, высокая, седая леди в наряде тинэйджерки. Студенты остались невозмутимы. Только из партера донеслось:

— Классный прикид, Хелен.

— Спасибо, — ответила профессор, — день такой.

Она была моим вторым работодателем в Зеландии. Устроиться на кафедру мне помог волжский автозавод. Шло собеседование. Вдруг Хелен говорит:

— Я долго на русской машине ездила. «Лада», знаете? Называла её «моя бабушка». Славная машина.

Слово «бабушка» Хелен произнесла по-русски, но с ударением на «у».

— Да ну? — удивился я.

— Дешёвая, простая, экономичная, надёжная.

Я совсем растерялся.

— Надёжная?

— Именно! Двенадцать лет, в любую погоду — как часы. По любой дороге бегала с прицепом. Заглохнет — рукояткой движок крутанёшь, и вперёд. У родителей ферма была в Вайканае, там народ сервисом не избалован… Ну ладно, к делу. Треть ставки для начала подойдёт?

Параллельно я трудился в частной школе. На благотворительной тусовке познакомился с Крисом, отцом моего ученика. Мне сказали, что родитель этот — важная персона, топ-менеджер в новозеландском отделении Exxon Mobil. Крис мне понравился: шкафообразный, двухметровый, он вёл себя естественно, как Гекльберри Финн. Занятно говорил и много ел, интересовался окружающими больше, чем собой. Не боялся выглядеть смешным. Недели через две встречаю Криса на парковке супермаркета. Он выбирается из «Лексуса LX» — в застиранной футболке, кроссовках без носков и мятых шёлковых трусах. Цвет королевский голубой с орнаментом из жёлтых ананасов. На мне аналогичные, однако в роли нижнего белья. А у него без этих тонкостей. «Привет, — говорит, — Макс. Что, нравятся мои шорты? Купил по скидке в „Фармерсе“, десятка баксов пара».

И тут мне стало разом неспокойно и легко. Такое озарение умной рыбы на крючке, догадка, что твоя свобода кончилась. Обладателям тонкой душевной и богатого внутреннего знакомо это чувство.

Оно — предвестие чего-то экзистенциального: стихосложения, запоя, любви. Я заподозрил, что способен полюбить этих людей — младших, беспонтовых детей цивилизации. Кому-то достались осёл и мельница. Они получили кота. Но кот всегда больше, чем кот.

Их не взяли на разборки старших братьев. Не увидели за бортиком песочницы. Они были никто и звать никак: палец в носу, штаны на лямках. Их не знали до семнадцатого века и поныне различают не всегда. Тысячи лет где-то что-то отнимали и делили, боролись за, наоборот и вопреки; меняли историю, географию, естественные, точные и мнимые науки, а также закон божий, не говоря о человеческом; долбали чужих и своих, и неясно каких (много вас тут шляется), используя всё более продвинутый ресурс.

Мелкие за этим наблюдали, как в подзорную трубу с обратного конца. Или в детский калейдоскоп. Они жили в раю — без ядовитых гадов, засух, наводнений, полезных ископаемых, китайского туризма. Вырастили сорок миллионов овец и баранов, по десять на физлицо. Вырастили собственную гордость. Мир издалека выглядит почти как свысока: ощущения те же, но упасть нельзя. Регби заменяет веру, политику и самоидентичность. Индекс счастья выше неба, где-то рядом с экономикой. Что такое взятка, надо объяснять.

У каждого их города есть метафизический подтекст, второе дно, другое имя. Один — корабль, плавучий мегаполис. Грот-мачта телебашни, крики чаек, стаи яхт. Когда с ним рядом океанский лайнер, это — воссоединение семьи. Другой — галерея парков, бархатных лужаек, завешенных плющом кирпичных стен. Инсталляция классической Европы. Макет, клише, игра. Но игра актёров старой школы, которая порой точней оригинала, лучше. А чем — понять нельзя, талантом, может быть.

Веллингтон — самый невидимый город этой едва различимой земли. Дожди и ветра превратили его в голограмму. В нём есть капкан оптической иллюзии, мистификация Гель-Гью, Зурбагана и Лисса. Чуть меняешь угол зрения, и стремительно ветшает, облетает постмодерн. Сквозь небоскрёбы проступают деревянные коттеджи, пакгаузы, лабазы, рейтузы на верёвках. Веет рыбой, истлевшей жизнью, ароматами питейных заведений, протезом Джона Сильвера и кофром Билли Бонса. Домишки лезут на холмы, цветут эркерами и башенками, изгибаются арками, тянутся готическими шпилями. И вновь теряют контуры, сползая в обтекаемость арт-деко. Прочь телефоны, распахнём зонты. Неспешный шаг и дождевая взвесь нам в помощь. Бесплотный город не любит резкости, его легко спугнуть, как предвоспоминание или послесоние. Несколько лет этого транса, и Веллингтон становится подобием киностудии, где параллельные миры — за каждой дверью. Где ты — в системе, имеешь доступ, где мало что способно удивить.

Ан нет, у города велик запас причуд. Утро, еду в школу. Полупустой автобус сонно качает ландшафт: зелёный нубук холмов, ватные комки овец. Заходит молодая пара с рюкзаками — не туристы. Лица нервные, усталые. Сбросили кладь, уселись, заругались шёпотом. Светленькая девушка без видимых примет. Зато у её спутника — примет на шестерых. Стройотрядовская куртка нараспашку — в шевронах и значках. Под ней — тельняшка ВДВ, ремень РККА. Ниже — галифе с лампасами. Во, блин, чучело, — едва не вслух подумал я, — никак земляк.

Точно по заказу юноша воскликнул:

— Всё, нахер, нахер, нахер эту работу! — он резко помотал головой. — Я лучше буду пиццу развозить.

— Пф, — отозвалась блондинка.

— Что «пф»? Что значит «пф»?! Да я... — он растопырил пальцы, — вот этими руками... Я, бля, в Гнесинку полбалла не добрал! А теперь я этими руками чищу срач! Нас за прислугу держат... мать их!

— Тём, заканчивай цирк. Люди кругом.

— Какие нахер люди?! Кто нас здесь понимает?

Тёма оцарапал меня взглядом. В его лице мелькнуло что-то неотвязчиво знакомое. Я помаялся день и вспомнил. Восьмидесятые, группа «Земляне». Спецэффекты, два грифа, туман, все понты. Красавец модельного типа открывает рот под чужую фанеру:

> Земля в иллюминаторе,
> Земля в иллюминаторе,
> Земля в иллюминаторе видна…

Парень в автобусе был его клоном, хотя моя память — суфлёр ненадёжный. Хуже лиц я помню только имена. В комплекте с близорукостью — сплошные преимущества. Потребность в сочинительстве — раз. Мир, наполовину состоящий из твоих фантазий, — два. А далее со всеми остановками. Очки я бойкотирую, косые взгляды размываю, на мелкий шрифт плюю, справочники ненавижу с детства. Непонятные слова в книгах заменяю своими, они всегда точней. Однако Тёму я запомнил и при новой встрече узнал.

В русском клубе состоялась вечеринка. Праздновали двадцать третье февраля или восьмое марта, что, в сущности, одно и то же. Обычно мы с женой таких мероприятий избегаем. Они фальшивы и печальны, как бумажные цветы. Чужие притворяются друзьями, лузеры — успешными, еда — вкусной, силиконовый русский язык — весёлым и живым. Там бабушки пахнут, как шкатулки с лекарствами, и в целом атмосфера мотивирует напиться. Но сделать это трудно, ибо алкоголя меньше, чем лирически настроенных гостей.

На сцене рявкала гармонь, две пары танцевали нечто среднее между кадрилью и чечёткой. Следом кто-то женским басом декламировал Асадова. Опытная тётка-эмигрантка вторглась в личное пространство моей жены. «Вы на каких пособиях, Мариночка? — расслышал я. — Да ладно, не смешите. Умные люди здесь не работают. Я после ухода Васи оформила сожительство задним числом. Мы с ним давно фиктивно развелись, так пособие больше. Теперь имею в двух местах по утрате кормильца. Сделала нам с дочерью через посредников за бабки инвалидность, короче, шесть пособий на двоих. Институт соцстрахования, пенсионная касса, доплаты за жильё — везде капает. Страна чудес, они же лохи здесь, дебилы поголовно...» Тем временем чтицу сменил детский хор. Пятеро малышей с отвращением затянули:

Дремлет прити-и-хший северный го-о-род,
Низкое не-е-бо над голово-о-ой...

Я налил себе водки. Урок жизни рядом не кончался: «...зелень и овощи брать только на фермерском рынке. Картоху — мешками, бананы — ящиками, скидки нереальные...» Жена рассеянно кивала. Я знал, что её хватит ещё минут на пять.

«Друзья! А сейчас... — ведущий сделал паузу, — гвоздь нашего вечера, известный автор-исполнитель... Артём Самарский! Встречаем!» Возможно, он сказал «гость», но моё слово подходило лучше. Послышались разрозненные громкие хлопки. Появился чудик из автобуса с гитарой. Тёмно-красный инструмент поблёскивал значительно и дорого. Сам исполнитель предпочёл классическую гамму. Малоношеный чёрный костюм и такие же штиблеты оттеняли белизну рубашки и носков (я заметил эту милую деталь). Место галстука занял шнурок.

Он поправил микрофон и начал играть. Тишина возникла не сразу. Чистый, сильный рифф поймал людей врасплох. Профессионалы вообще удивительны, как единственная антитеза хаосу, но особенно там, где их не ждёшь. Техника его игры была такой же неуместной в этом зале, как эротическая сцена в фильме про колхоз. Мысль об эротике внушали его пальцы: тонкие, летящие, небрежные. Он вёл одновременно ритм и соло, звучали как бы несколько гитар. Вдобавок Тёма умудрялся петь. Тексты были средние, но музыки не портили. Пара мелодий стырены, и ладно, шансон вторичен по определению. Но игра… Я не верил, что слышу это живьём.

Пока он выступал, кто-то доел мой винегрет. Хуже того — прикончил мою водку. Неужели я сам? Трюк бессознательного странным образом вернул меня в юность. Реальность сдвинулась, мир был загадочен и нов. Душевный подъём толкал на глупости. Я вышел на крыльцо, достал сигареты.

— Брат, огоньку не найдётся?

Это, разумеется, был он. Ощущение гостя в чужом сценарии не покидало меня. Я чиркнул зажигалкой.

— Классно играешь, давно такого не слышал. Фингерстайл?

— Ого! — удивился он. — Спасибо. Ты сделал мой вечер. Артём.

Он протянул руку.

— Макс. А Самарский это псевдоним?

— Почти.

— Земляки что ли? Я на Химзаводе жил.

— Сто шестнадцатый. То же отверстие, но вид сбоку.

— Во, блин…

Он на секунду задумался.

— Слушай, я диски продал, восемь штук, есть идея.

— Я участвую. С женой.

— Не вопрос. Будут два парня со студии, впятером уместимся. Предупреждаю: у меня срач, везде коробки…

— Переезд?

— Ага. Развод. Его и отмечаем.

Разводился Артём трижды, женат был четырежды. Первые три раза на Саше, блондинке из автобуса. Второй развод окончился третьим браком, после чего мы задружились семьями. Сейчас приятельствуем с экс-супругами отдельно. В эмиграции непросто развестись по-человечески. Невозможно хлопнуть дверью и уехать к маме или на время зависнуть у друга. Друзья такого качества остались в прошлом. Мамы нет, и средств на две квартиры тоже — приходится мириться.

Саша долго мирилась с увлечениями Артёма. Кроме поэзии и музыки он увлекался историей, алкоголем, коллекционированием и ношением военной формы разных стран. Работал клинером, маляром, стекольщиком, электриком. Отношения с коллегами везде не задавались. Английский он знал худо, новозеландский сленг — тем более, за что был унижаем в трудовых коллективах, особенно представителями народа маори. К несчастью, в этих коллективах преобладали именно они. Артём зверел, спасался музыкой. По выходным в гараже у приятеля записывал третий альбом. Возвращался ночью, ошибаясь то подъездом, то квартирой.

Вдобавок Артём не хотел зарабатывать тем, что реально умел. Что не требовало беглого английского, собеседований, дипломов. Только гитары и рук. Так нет же. «Я по кабакам налабался досыта, — сказал, как рояль захлопнул. — Чужого больше не исполняю».

К тридцати годам Сашу накрыл материнский инстинкт. Лет через семь он превратился в манию. Это муж ей поставил диагноз. Лично его родительский инстинкт не беспокоил. Детей он считал нонсенсом, а их отсутствие — бонусом. Сашу задолбало ждать чудес природы. Она тихонько сделала ЭКО. Или не ЭКО, а кто помог? Короче — чей ребёнок, сука? Болезненный вопрос, ставший поводом их третьего, финального развода. Произошло это в Австралии, куда супруги двинулись за госпожой удачей и где её со временем нашли.

Саша родила здоровенькую умненькую дочь. Выскочила замуж за богатого еврея. Дом с верандой, гости, селфи, барбекю. Не семья, а украшение фейсбука. Тёма женился на разведёнке с идеальным комплектом детей. Мальчик и девочка называют его папой. Он бросил пить, увлёкся индуизмом, работает на фабрике дверей. У него всё хорошо, только песен не сочиняет. Да и бог с ними, при чём тут песни? Главное — жизнь удалась.

Веллингтон не держится за людей. Он холоден, самодостаточен, далёк от желания всем нравиться. Покинул его и Юрий Лашков, специалист по трансгенным москитам, завлаб и кандидат биологических наук. Сходство между Артёмом и Юрием исчерпывалось тем, что оба оказались в этом городе случайно. Дальше начинается существенная разница. Юрий прилетел сюда не из авантюризма или тяги к перемене мест. Жена и дети были только поводом, отношения там давно закисли. Без семьи в Новосибирске Юрий обходился превосходно. Без лаборатории — не смог.

Наука и учёные внезапно обесценились. Стране понадобились новые герои. Когда тебе без малого полтинник, выбор невелик: уехать либо сдохнуть. Коллеги собирали чемоданы, выяснилось, что у многих они почти готовы. В разговорах мелькали слова «контракт», «рабочая виза», «Стэнфорд», «Йель», «Гонконг». Жена Юрия, сейсмолог, уловила эти катаклизмы загодя. Получила трёхлетний контракт в Зеландии и отвалила с детьми. Юрий тогда ехать отказался. В Академгородке он был фигура, а там кто? Он ещё подумал: вот и ладушки. И с разводом канители никакой.

Лаборатория закрылась. Юрий месяц пил. Деньги и здоровье были на пределе. «Парашюта» он не заготовил, ни в Стэнфорде, ни в Йеле его не ждали. Пришлось звонить жене.

Юрий был из редкой категории людей — трудоголик и алкоголик одновременно. Тип, с гениальной лаконичностью описанный Некрасовым: «он до смерти работает, до полусмерти пьёт». За год знакомства я наблюдал Юру исключительно в двух состояниях. Либо трезвым и весёлым на работе. Либо вне её — меланхоличным и бухим. В обеих ипостасях он мне нравился.

Прибыв в Веллингтон и кое-как обосновавшись, Юрий направился в университет. Быстро отыскал School of Biological Sciences, побродил по коридорам, заглянул туда-сюда. Вдруг за большим стеклом ему открылась восхитительно знакомая картина. Микроскопы, пробирки, компьютеры, сосредоточенные люди в белых халатах. Будто не летел через полмира. Centre for Biodiscovery значилось на двери. Юрий надавил кнопку, дверь, щёлкнув, отворилась.

— Я бы хотел поговорить с начальником.

Эту фразу и несколько других он заучил до впечатления свободного английского.

— О чём? — спросили его.

— О биологии.

Начальник, его звали Майкл, — очки, интеллигентная бородка — тоже показался Юрию родным. В Академгородке такие попадались через одного. Юрий взволновался и забыл подготовленный спич. Ерунда, он знал, что без работы отсюда не уйдёт.

— Я хочу здесь у вас работать, — сказал он просто, — нет вакансий, и не надо. Я на пособии, меня всё устраивает. Кроме одного: мне надо заниматься своим делом, понимаете? Я готов волонтёром, прибираться, колбы мыть, что угодно, только здесь.

— Я вас понимаю, но... — сказал завлаб.

— Погодите, — Юрий дёрнул молнию на сумке, её заклинило. — Сейчас. Я вам тут принёс... Я в такой лаборатории студентом начинал. В такой же абсолютно! Потом аспирантура, защитился и так далее... Вся карьера, тридцать лет... У меня больше ста публикаций. Вот последние, смотрите.

Он протянул Майклу стопку ксерокопий. Две верхние статьи были на английском, в Nature Biotechnology и Trends in Cell Biology. Майкл шевельнул бровями.

— Хм. А ведь я читал эту статью. Крайне любопытное исследование. Не ожидал, что доведётся вот так увидеть автора.

— Это групповой проект, — скромно ответил Юрий, — под моим руководством.

Наутро он в карьерном смысле помолодел на тридцать лет. Стал младшим научным сотрудником на добровольной основе. Через месяц неофициально консультировал два проекта и трёх аспирантов. Приходил в лабораторию раньше всех, уходил затемно. Денег за работу не получал. Пять дней в неделю был счастлив. Выпивал с умом.

По выходным и праздникам наваливалась мутная шукшинская тоска. Юрий, между прочим, был слегка похож на Шукшина и одновременно на кого-то из его героев. Или на кого-то из героев Чехова — литературностью судьбы, законченностью образа. Юрий старался понять, откуда его тоска. Он запускал стиральную машину, усаживался напротив, подолгу глядел в иллюминатор. Думы медленно вращались в голове, точь-в-точь как грязное бельё. Буксовали на детях. У них всё хорошо, так? Так. Частная школа, успешная мама, богатый папа Винсент. Славный парень, который трахает его, Юрия, жену. Бывшую, бывшую жену. Ладно. Хуже, что сука-лоер детям нравится. Руслан и Маша стесняются отца, вот главное паскудство. Считают его лузером, избегают, особенно дочь.

Юрий подходил к окну, смотрел на мокрый город. Город безучастно смотрел на Юрия. С шестого этажа квартал муниципального жилья выглядел терпимой акварелью. Низкорослые дома, толкаясь крышами, сползали к Brooklyn Road. На парковке матово блестели автомобили. Небо цвета влажной простыни тянулось в океан. За корпусом гостиницы скрывался алкомаркет Mills, где водку и джин отпускали в розлив почти даром. Пора всё менять, — думал Юрий, — и начинать с себя. Пора, мой друг, пора… Он считал деньги, натягивал ветровку и шёл в магазин.

Далее: гости, соседи, рокировки бутылок и пепельниц. Ускользающий смысл разговоров о главном. Телевизор в беззвучном режиме, словно перископ. Квартиру Юрия, незапертую в эти дни, окружало силовое поле. Зайти было легко, особенно с выпивкой. Путь назад оказывался более тернист. Случалось, люди пропадали, иной раз находились, но не те. Под Новый год исчез таинственный маляр, обитавший у Юрия дня четыре. Когда Артём промахивался дверью, супруга знала, где его искать.

По законам беллетристики герои расстаются в тот момент, когда становятся нужны один другому. В самолётном чтиве кто-нибудь поспешно умирает. В бестселлерах для поезда — внезапно уезжает навсегда. С Юрием произошло и то, и это. Я — автор добродушный, персонажей не убиваю, люблю их больше, чем искусственный надрыв. И больше, чем естественный. Выходит, эту часть повествования сочинил не я.

Юрий стал мне дорог. Почему? Формулировка требует усилий. Юрий был визиткой той эпохи, когда ходили в гости без звонка и деньги занимали без отдачи. Живым свидетельством того, что память не обманывает нас. Давным-давно, студентом, я одолжил червонец у знакомого художника. Художник, разумеется, был кос, однако не до абстракционизма. Он знал, что быстро я десятку не верну. Затем мы потерялись, сменили адреса. Шли годы, черта бедности немного отодвинулась. Я отыскал художника, приехал к нему вечером с друзьями, с коньяком. Он не удивился — богемная жизнь полна сюрпризов. Подняли, содвинули, я отдал деньги. Художник сунул их в карман и говорит: «А ты у меня, правда, занимал? Ей-богу, не припомню». Вот это трудноуловимое качество без имени, оно в Юрии главное. Одни люди нас грузят, другие снимают груз.

Юрия пригласили в Калифорнийский университет Риверсайд. Позвонил бывший коллега, ныне светило американской энтомологии. «Умница, интеллектуал! — торжествовал Юрий. — Свалил в восьмидесятом. Получил недавно грант от Института Здравоохранения: десять лимонов на десять лет с правом нанимать, кого он хочет. Ясное дело, он хочет меня, стопроцентно моя тема! Жильё в кампусе, страховка, весь пакет. А главное, там половина наших. По-русски на работе говорят».

Когда фортуна опрокидывает на вас мешок подарков — время унять сценариста. Время приглядеться к трещинам в асфальте и сосулькам над головой, особенно летом. В Америке Юрий женился, взял в ипотеку таунхаус, молодожёна навестили дети. Дочь Юрия решила поступать в отцовский университет. Ей опять нравился папа, а также его дом и много солнца. В апреле Юрий нам звонил, шутил, смеялся: «Прилетайте в отпуск. Я с вами за компанию хоть город посмотрю…» А восьмого мая умер, остановилось сердце.

Не поверить оказалось легче, чем я ждал. Благодаря отъезду в Штаты исчезновение Юрия из мира физических тел обрело постепенность, сделалось вопросом расстояния, а не бытия. Так любимая книга, перемещаясь с тумбочки в шкаф, затем на антресоли, остаётся частью нас. Юрий окончательно стал персонажем, историей, рассказанной циником в пенсне или таким же мизантропом, но босым и с сигаретой. Бесспорный, как выдумка гения, мой друг переехал туда, куда не обязательно звонить для наслаждения беседой в гораздо лучшем качестве, чем предлагают телефон и Скайп.

В тот период я был трезв и не под веществами. Моё лекарство называлось Веллингтон. Демисезонный город укутывает мозг, подобно валиуму или ксанаксу, но исподволь, не сразу. С годами его отстранённость, его туман и сырость приглушают чувства, амортизируют движения. Зыбкое, расплывчатое время, жизнь понарошку, не всерьёз становятся наркотиком, город-невидимка — домом. Лучший способ принять это — визит на родину.

Отечество сильно встряхивает. Из тебя выпадают иллюзии, заморская плавность жестов, расслабленность лица, улыбка ценой в штуку баксов. Отечество ловко шмонает твои чемоданы, смотрит гопником с района, задаёт вопросы. Любые ответы равносильны признанию вины. Классический сон всех удравших готов воплотиться в действительность. Твой билет и паспорт аннулируются. Руки можешь опустить пока. Чтобы завтра явился по месту прописки и встал на учёт. Какая Зеландия? Какой Веллингтон? Нет такого города, и не было никогда.

Минус тридцать, Самара, январь. Мы садимся в такси. Ремней безопасности нет, шофёр выжимает сто двадцать. По обледенелому шоссе летим синусоидой в ночь и метель. Динамики накачивают салон попсой: «Но-о-вый год к нам мчится, ско-о-ро-о всё случится...» И я понимаю: вот эта езда — метафора родины. Тут по-прежнему нет завтра, время спрессовано до хруста, жизнь упоительно быстра. Единственное правило — отсутствие правил. В этом пространстве ты — заложник. Выбрался — счастливец и герой. Нет — вызываем клининг-сервис.

В России меня ожидали три новости. Плохая и хорошая отличались единственным словом. По сути, не изменилась моя родина. По сути, не изменились мои друзья. Встреча с ними беспокоила меня, как человека, долго не смотревшегося в зеркало. Обрадует ли то, что я увижу? Не смутит ли разочарование? Не шокирует ли пустота? Обняв друзей, я устыдился этих мыслей. Передо мной стояли те же раздолбаи, с которыми — спина к спине — мы выживали десять школьных лет. Мы не искали тем и не боялась пауз. Мы не боялись даже трезвости. Едва я покидал друзей, как возвращался страх.

Он притворялся снегом, холодом, неясными фигурами, дремучими глазами из-под шапок — всем и ничем действительно опасным. Вслед за мной, ускорив шаг, он проникал в квартиру. Задёрнув шторы, выпивал, потом ещё. Проверял, на месте ли обратные билеты, зачитывался кодом слов и дат. Страх избегал конкретики, он был расфокусирован, невидим, точно вирус. Я пытался с ним заговорить.

Разве нас обидели за эти две недели? Обокрали? Нахамили? Разве я не жил здесь тридцать лет? Это контраст, — убеждал я себя, — эта территория, как вредная привычка. Кто соскочил — боится. Кто не в теме — не поймёт.

Отсюда третья новость: дом — место, где тебе не страшно. Протекция души, её ракушка, тело, замок, мегаполис. Одни растят бока и покупают крепости. Другие сочиняют города и населяют их людьми. Чем креативнее задача, тем удивительней бывает результат. Цюрих или Вена рифмуются с уютом, как розы и морозы. Веллингтону ближе не рифма, а звукопись. Не торжественный шаг менуэта, а неуловимость джазовой импровизации. Пока она негромким фоном доносится из бара, её не замечаешь. Но стоит ей прерваться — исчезают волшебство и атмосфера. И вспомнить эту музыку нельзя.

Тоска по Веллингтону растёт синхронно его забыванию. А забывается он так же быстро, как режиссёр монтажа вырезает фрагмент киноплёнки. Чик, чик, склеиваем концы — и пять лет долой. Просыпаешься в холодной тёщиной квартире — будто никуда не улетал. Тот же вялый рассвет, чугунный узор на окнах, кишечное журчание батарей. Те же обои в пролетарский цветочек, болезненно скрипучий шкаф, вечный раскладной диван. Рассудок почти готов уступить, отпустить бестелесный город, висящий на грани реальности, как бабочка на скале, отвернёшься, миг — и нет его. Но отчаянным усилием мысли, чудом некогда создавшего его воображения я удерживаю Веллингтон на месте.

На краю океана, у подножья морщинистых гор возникают светлые точки и линии. Им добавляют фокус и цвет, увеличивают, снова наводят резкость. Они распадаются на крошечные здания, порт, треугольники монастыря. Город поднимается из воды. Тянутся ввысь небоскрёбы, чуть отстают парламент и музей. Террасы, будто мелкими грибами, обрастают частным сектором. За изгибами набережной светится аквариум библиотеки. Хрустальные витрины Lambton Quay перетекают в деловую Willis Street. Сити торопится в разные стороны, гоняет запахи кофе, бензина, обрывки телефонных разговоров. Верещат светофоры, газуют парадоксы автопрома. В старенькой «Ладе» проносится на жёлтый Хелен Мэй. Крис салютует из зеркального «Лексуса». По Brooklyn Road спускаются Артём и Юрий. Их шаг и лица вдохновенны, цель ясна.

— Гляди-ка, солнце! — восклицает Юрий. — И не понять, откуда моросит.

Артём кивает:

— Это знак, что мы на верном курсе.

— Тебе какое слово больше нравится: «моросит» или «накрапывает»? — не унимается Юрий.

— Мне больше нравится слово «зонт», который мы не взяли, — морщится Артём. Холодная капля угодила ему в глаз.

Я знаю, что мы непременно вернёмся. Снова будем частью фантастического мира, разомкнутого времени, героями придуманной кем-то истории. Когда — зависит от рассказчика, а место, безусловно, изменить нельзя. Ветер будет встречным и ни градусом левее, нам будет по тридцать и ни часом больше. Все будут живы и здесь, иначе текст не стоит букв, а литература — имени. И дождь замаскирует наши слёзы умиления тому, что этот город — первый из немногих давших нам приют — всё-таки есть на свете.

Существование вещей, от чашки кофе до вселенной, определяется направленностью мысли. Это не эмпиризм и не идеализм. Это всем знакомая досада — ищешь утерянный предмет, тогда как он стоит перед глазами. Но мы его не видим — почему? Потому что мысли заняты другим. Когнитивная оценка внешних стимулов есть то, что мы называем реальностью. Справедливо и обратное. Если нам что-то пофиг, существование его как минимум под вопросом. Наличие Веллингтона — стимул. Отсутствие его — мощнейший стимул. Я думал о нём каждый день: с утра и на ночь, трезвым, выпивши и между, в такси, автобусах, на рынке и вокзале, в печали, радости, толпе и одиночестве. Я не оставил ему шанса ускользнуть.

Тридцатиградусный мороз сменился влажным снегом. Менялись блюда, лица и подарки. Школьные друзья преобразились в институтских, самарские —

в московских, различал я их уже с трудом. Веллингтон тотально овладел моим сознанием. Мысли о нём были единственным средством от паники. Углубившись в них, я едва заметил пограничный и таможенный контроль. Таможенники странно походили друг на друга и в целом — на китайцев. Я поделился наблюдением с женой. Выяснилось, что мы в Гонконге.

Гонконг — второе имя тесноты. Людей и небоскрёбы там хочется расталкивать плечами. Чтобы удалиться от толпы, мы совершили вертолётную экскурсию. Вид сверху имитировал бескрайнюю массажную расчёску, полную движения насекомых. Хорошо бы опуститься где-нибудь не здесь, — туманно думал я, — сразу в нашем полушарии... Три самолёта, двенадцать часов... Сидней. Окленд. Веллингтон.

Транс оборвался словно по щелчку гипнотизёра. Шла посадка на финальный рейс. Оцепенение исчезло, мозг впустил подробности и звуки. Air New Zealand — с удовольствием прочёл я на жакетах стюардесс. Их сиреневые платья казались акварельными. Через салон тянуло океанским ветром. Отовсюду слышался волнующий язык, щебет ночных, мифических птиц, терпимый к любым вольностям произношения. Всё равно переспросят и поймут не так.

Настроение поднималось в темпе самолёта. Мы заказали джин и тоник, соседка рядом — шардоне. Она давно приглядывалась к нам. Спортивная бабушка в модных очках, из породы любопытных туристок-путешественниц. Через минуту спросит: «Откуда вы, ребята?» Соседка глотнула из бокала, поморщилась, кивнула на мой джин.

— Правильный выбор. Австралийское шардоне — пародия на вино. Ладно, скоро выпьем настоящего. Откуда вы, ребята?

Разговоры с кем попало не моя забава, внутри хватает собеседников. Но джин был двойной.

— Это длинная история, — ответил я. — Лучше спросите, куда.

Тётушка блеснула шедевром стоматолога.

— Интересно. И куда же?

Я показал, что мой дантист не хуже. И уместил в коротком слове две минувшие недели, усталость, память, одиночество, галерею рисунков в школьных тетрадях и семь абзацев будущего текста.

— Домой.

* * *

А Владик Коп подался в городок Сидней,
Где океан, балет и выпивка с утра,
Где нет, конечно, ни саней, ни трудодней,
Но нету также ни кола и ни двора.

Ю. Визбор, «Волейбол на Сретенке» (1983)

Бар, открытый в семь утра, выглядит похмельной галлюцинацией. Трогательная забота о «жаворонках» в мире «сов». Несколько лет я прохожу мимо, ускорив шаг, однако замечаю посетителей. «Жаворонки» наслаждаются свободой, пивом, чипсами, беседой. Кто-то распахнул газету, кто-то донимает игральный автомат. Они загадочны, как инопланетяне. У них довольные красные лица, избыточный вес. Им вряд ли знакомы слова «дедлайн», «гипертония», «ипотека». Не старики, не инвалиды, не туристы, ибо по-домашнему расслаблены. Не алкаши, гуляющие на последний цент. Бар в центре Сиднея — место недешёвое. Но кто эти беспечные счастливцы?

В детстве я завидовал людям красивым. В юности — известным, затем — богатым, позднее — талантливым. Сейчас завидую только беспечным. Тем, кто в любых обстоятельствах не завидует никому.

Мне необходимо их понять. Стать хотя бы временно одним из них — демонстративных бездельников в городе тотальной, невротической занятости и спешки. Поймать ощущения человека в баре утром рабочего дня. Испытать моральное падение и взлёт.

— На вынос отпускаете?

Бармен — китаец, хипстер, целлофановый мальчик с причёской. Сверкание бутылок, презрительный кивок. А не пошёл бы ты.

— Двойной «Смирнов» безо льда. Бокал тёмного и два с собой. Три.

Он усмехнулся:

— Это твой завтрак, приятель?

Мне такие шутники и в здравии противопоказаны. Пришлось сосредоточиться.

— Извини, — говорю, — мам, я тебя не узнал. Твой хирург явно перестарался.

Люблю, когда дети онлайна задумываются. От непривычного усилия в их лицах появляются черты. Спустя минуту я о нём забыл. Тёмное подтолкнуло нерешительного «Смирнова» в глубины организма. Тело отозвалось приятным исчезновением. И тотчас Сидней шагнул ко мне через окно.

Есть города-театры, города-каравеллы, города-цеха, общежития, музеи. Сидней — город-дельтаплан. Левитация тяжёлых нелетающих предметов, аэродинамика пространства. Выходишь на станции Circular Quay, и дыхание обрывается: всё это действительно существует, превосходя изображения и воображение. Мост, театр, небоскрёбы не касаются земли, корабли и яхты — океана.

Как поэт, не видевший этого города, уловил его летящий стиль? Балет — снова полёт, невесомость, изящество линий, танец брызг повсюду, где идёт ожесточённая грызня воды и берега. Выпивка с утра — свободное падение: тот же кайф и грань, и замирание сердца от мысли, что парашют укладывал не ты.

Для проникновения в суть ландшафта человеку с выдумкой необязательно там жить или бывать. И совершенно нежелательно работать. Я о работе простой, не особо любимой, строго за деньги, семь-пять-одиннадцать, час в один конец, нон-стопом тридцать лет. Такую работу один затейливый автор назвал «горбатёнкой». Дедлайны, овертаймы, идиот-начальник в голове на ПМЖ, выходные раздражают, отпуск бесит. Ипотека бодрит.

Мой опыт зачерствевшего в скитаниях колобка настаивает: понять мегаполис с характером, вроде Сиднея, может лишь человек долговременно праздный. Ещё лучше — праздношатающийся, идеально — выпивший. Забудем о гидах, экскурсиях, беготне по достопримечательностям. В топку это слово-монстр. Информация и спешка убивают образ места, превращают его в гербарий, в коллекцию бабочек на иголках. Бесчисленные фото гламурят пейзаж. Только медленным шагом, без цели и карты интуитивно познаётся незнакомое, соединяются без шва реальность и фантазия, иначе блекнет и то и другое. Давным-давно я потерял Москву, но в Сиднее был умней.

С городами, где живёшь подолгу, возникают отношения наподобие человеческих. Самара — мать оболтуса-подростка, война с досадным привкусом любви. Москва — альянс юного честолюбца и влиятельной старухи. Мюнхен — страсть без перспектив, гранатовый браслет. Веллингтон — друг с нелёгким характером. Сидней оказался хитрее других: под маской бизнесмена он годами скрывал лицо.

Здесь все думают о работе. О шансах, вакансиях, собеседованиях, резюме. О том, чтобы найти её, сменить на лучшую, бросить к чертям — не теперь, когда-нибудь — и хоть осмотреться: где мы? Но — цены на жильё такие, что переспрашиваешь дважды. И тачку нестыдную охота, и балкон на море, чтобы гости ахнули. Соблазны и понты туманят мозг. Пентхаузы и яхты выглядят как норма. По мановению волшебной карточки сбываются мечты. Банки, нежно улыбаясь, приглашают в рабство.

— Невероятная глупость! — усмехается Терри, айтишник, знаток устройства жизни. — Выросло финансово инфантильное поколение. Для них благополучие не связано с трудом, долги — абстракция, налоги — метафизика. Не вернув студенческий заём, берут кредиты. Потом, конечно, — микрозаймы, реструктуризация. Идиоты живут напрокат, отдают по две трети зарплаты...

Дальше я его не слушаю. Я согласен, но буду возражать, хотя бы ради практики в английском. В офисе я редко беседую с людьми. Большей частью — с цифрами вполголоса и матом. Кроме того, снисходительность Терри забавна. Этот ухмыльчивый тон он практикует со всеми, кроме начальства.

И всех, кроме начальства, презирает. Меня — за недостаточно проворное владение компьютером, а также за акцент. Я мог бы имитировать ленивый австралийский сленг, он проще, чем новозеландский. Зеландцы ставят гласные внезапно, наобум. Австралийцы заменяют их гнусавым «ай». В неясной ситуации говорите: «ай дайнт най, майт», и примут за своего. Надо ли мне быть своим — вопрос.

— Зато они имеют всё и сразу, — отвечаю я, — пользуются, радуются жизни. Если людям так комфортно, почему бы нет?

— А если они потеряют работу? Банк заберёт их квартиру, машину, имущество и продаст. За любую цену — банку пофиг, там страховка. Лузеры останутся ни с чем!

Упоминание о потере работы травмирует моего коллегу. Из довольного хомяка он на секунду превращается в затравленную мышь. Я понимаю Терри. Мы — исчезающее поколение, для которого жизнь и работа — синонимы. Чьи родители диетничали не в лечебных целях. Мы унаследовали этот страх. Увольнение для нас — катастрофа, пенсия — репетиция смерти.

А ведь Терри — состоятельный человек. У него девятый уровень в тарифной сетке — восемьдесят штук плюс бонусы. Терри лишён затратных привычек: равнодушен к алкоголю, путешествиям, браку и семье. Его сексуальная ориентация не выявлена. Живёт с родителями на отдельной половине дома. Мониторит поглощённые калории, вес, артериальное давление. Гордится лучшим в офисе здоровьем и умом.

Терри инвестирует в недвижимость. Два его бунгало в курортном городке на юге штата сдаются даже зимой. Через десять лет они подорожают вдвое. Это, считай, миллион, да в пенсионном фонде накапает тысяч шестьсот. Полтора лимона минимум! И вот тогда — покой, богатство, воля.

У меня плохая новость, Терри. Заслуженный отдых тебе не грозит. Пока золотоносная птичка размножается, ты будешь кормить её своей жизнью. Однажды в кабинете уронишь лысеющую голову на стол и проснёшься фрагментом сложной медицинской инсталляции. Всё будет по-миллионерски: необъятное окно, удобная кровать. Своевременные памперсы и клизмы. Широкий спектр ритуальных услуг.

Мне кажется, главное в накоплении капитала — успеть его истратить. Иначе этим займётся кто-то другой.

Бывает, человек отсутствует на службе месяц. Или два. Офисное время чужое, его стараешься не замечать. Тем более — людей. Но когда исчезают трое бойцов, отряд слегка взволнован.

— Говорят, жена Кима попала в аварию. Ужасная новость.

— Да, кошмар… Двойной латте без сахара, плиз… Только не в аварию. И не жена.

— У него что-то было с головой… помните? Мёрзла голова, постоянно шапочку носил.

— В спецбольницу увезли. В эту самую… Для этих.

— Меня тоже скоро увезут. Каждый вторник ощущение пятницы…

— А Розмари где, в отпуске?

— Можно и так сказать. Умерла позавчера, онкология. Завтра отпевание. Кстати, ты на венок сдавал?

О третьем исчезнувшем после. Сначала — важное. Я не хочу, чтобы меня отсюда вынесли — раз. Нужен максимально долгий перерыв между офисом и капельницей — два. И помнить: моя возрастная группа — с открытым финалом. В анкетах она значится как «и старше». Наше завтра удручающе похоже на сегодня, крайний срок любого действия — вчера. Хватит ли денег? Как жить.

Термин «дауншифтинг» мне понравился не сразу. Есть в нём что-то фриковатое, невнятное. С другой стороны, половина моих друзей — фрики. Поначалу я их опасался, со временем тянулся к ним, любил их тараканов за отсутствием своих. У слов немало общего с людьми: внешность, характер, жизненный цикл. Досадные привычки, например, спешить, толкаться, лезть, куда не звали. Исчезать в самый нужный момент. Постепенно в звуках англицизма я различил безлюдный пляж. Вздохи океана, редкие аплодисменты пальм, шелест песка о босые ноги. Однажды на этом пляже мне встретился клинер. Загорелый, худой, без возраста — в шортах и панаме. Плечи свободны, шаг расслаблен. В руках — хваталка для мусора с длинной ручкой и сумка-тележка. Приблизившись, мы синхронно кивнули, и я узнал его.

Идея бросить работать и начать жить впервые навестила меня на пике карьеры. Высотка в центре, где мы купили двушку, тоже называлась «The Peak». Астрономический вид на город соперничал с ценой почти игрушечной квартиры. Попадая на балкон, друзья не сдерживали крепких восклицаний, а мы с женой — счастливой гордости. Дорогая ипотека не помешала нам трижды слетать в Европу. Мы стали экспертами по круизным лайнерам, островам Фиджи, Вануату и Новой Каледонии.

Я выгрыз у этого города должность аналитика в руководстве UWS, универа для бедных на западе Сиднея. После восьми лет контрактов, унизительных зарплат, сотен резюме, десятков тошнотворных интервью я наконец обрёл работу — мечту интроверта и социофоба. Продавал свои мозги без уценок и льгот. Общение с коллегами урезал до прожиточного минимума. Компьютер, задача, решение, чёткий, ясный доклад начальству. Последнее — самое главное. Умников-статистиков теперь — как на дворняге блох. Чем быстрее нажимают кнопки, тем хуже говорят по-человечески. Внятно объяснить начальнику, что значат эти графики и цифры, могут единицы. Объяснить так, чтобы руководитель почувствовал себя умнее исполнителя — двое: Терри и я. Хотя порой и мы бессильны.

Наш тогдашний босс, профессор Джефф Скотт, обладал редкой для начальства совокупностью достоинств: он был старый и умный. Из четырёх возможных комбинаций мозгов и возраста эта — наилучшая. Следом по объёму наносимого вреда идёт замшелый пень в руководящем кресле — банальный, но терпимый афоризм. Юноша-ботан в этом же кресле — оксюморон, парадоксальная метафора. Он — источник зависти, вопросов и в целом раздражает коллектив. Энергичный, молодой дебил у власти — авария, несовместимая с жизнью. Фанфаронство, болтовня, развал налаженного, поиск виноватых. Оптимизация и реструктуризация, то есть замена умных интеллектуально близкими. Наиболее смышлёные бегут, не дожидаясь ускорения под зад. Подыскивают новые места, а там засада — те же выскочки-манагеры в костюмах. Наступила их эпоха, господа. Отползаем в дауншифтинг и фриланс.

Шёл две тысячи пятый год. Кончалось золотое время австралийских университетов. Госфинансирование, честная наука, прозрачность репутаций, vivat academia, vivant professores — жить этой благодати оставалось года три. Кое-где пока рулили академики. Интеллект был в опале, но ещё не в подполье.

Моя жена работала админом в элитном университете UNSW. Ей предоставили отдельный кабинет с табличкой на двери. Помню, как я любовался этой дверью. Наша фамилия — курсивом по бронзе — запускала внутри миксер чувств: удивление, тщеславие, ревность. Я ревновал жену к её начальнику, профессору истории шестидесяти лет.

Вскоре меня тоже одарили кабинетом. Терри называл его «mop closet» — чулан для швабр. «Closet» удачно вмещал полтора человека. Дверь всегда была полуоткрыта: сомневаешься — не заходи. Сквозь затемнённое окно я наблюдал причуды местной фауны. Микроскопические птицы и диковинные бабочки сражались за нектар. Порой кусты выстреливали зайцем. В тени деревьев отдыхали кенгуру. Кабинет оставил мне в наследство третий из пропавших сослуживцев. Масуд исчез загадочнее остальных. Сначала говорили «приболел», затем — «уволился». Дальше, будто по команде, наступила тишина. Стало ясно, что дело вонючее.

Масуд Шах родился на Фиджи в семье потомственного ловца черепах. Отловом несчастных рептилий занимались его дед, отец и старший брат. Когда бизнес объявили нелегальным, семье пришлось хреново: добавились расходы на взятки. Вдобавок младший сын, окончив школу, надумал учиться в Австралии.

Масуд хотел стать топом — управленцем высшего звена. Желательно в области гуманитарной и размытой, типа социалки, образования, всякой там культур-мультур, где косяки и достижения почти неотличимы. Фиджи в эти планы не входили.

— Абсолютно кастовое общество, — рассказывал он мне, — не говоря уж о коррупции. Если ты из семьи фермера, прислуги или рыбака, о другой карьере не мечтай. Сын генерала будет маршалом, внук сенатора — министром.

— Но есть же конкуренция, выборы...

— Выборы на Фиджи — это матпомощь бедным родственникам. Приходят с дырками в карманах, уходят с кэшем в чемоданах. Троюродные братья, внучатые племянники — очередь длинная, семьи большие. Да кому я это говорю? Ты не из Швейцарии приехал.

Напряглись, заняли денег, поступили в UTS — Сиднейский Технологический Университет. Факультет, понятно, менеджмент и бизнес, специализация — управление высшим образованием. Учился Масуд средне. Гораздо больше преуспел в знакомствах с ценными людьми, организации случайных встреч, непринуждённых разговоров — в кафе, спортзале, на парковке. С терпением охотника выслеживал добычу покрупней. На всякой говорильне был умеренно заметен. Располагал к себе удобными вопросами, не стеснялся конского акцента и чудовищной грамматики. Овладев комплектом терминов и штампов, начал выступать сам. На третьем курсе он был избран президентом студсовета. Проректоры, деканы, заведующие кафедрами знали Масуда в лицо.

Профессор Джефф Скотт читал в UTS курс «Мониторинг эффективности современной высшей школы». Студент-фиджиец с контрастной улыбкой и забавным английским привлёк его внимание. Столкнулись в очереди за кофе, поболтали. Масуд достойно, без нытья рассказал о себе. Нормально, как у всех, семья в порядке, то есть в нищете. Черепахи не ловятся, кокосы пострадали от циклона. Ничего. Выучусь, вырасту, куплю папе тысячу новых курток. Вот только с дипломной работой есть сложности… Ну, забегай, подумаем, решим. Диплом они писали вместе.

Джефф понимал, что нейросеть у парня слабовата. В профессоре, однако, уже сидел крючок, поймавший ряд академических светил от Генри Хиггинса до Филиппа Преображенского — соблазн сварганить человека из амбициозной говорящей обезьянки. Надо лишь замолвить, направить, подсказать. Дать рекомендацию в аспирантуру. Устроить стажёром в аналитический центр UTS. Пригласить в уютный, наполненный книгами дом. Мы в ответе за тех, кого приручили, ещё бы. Если Джефф читал «Собачье сердце», то вряд ли запомнил финал.

Возглавив офис стратегии и качества UWS, Джефф быстро подтянул туда любимца. Масуда назначили сборщиком данных. Бэкграунд студентов, их посещаемость, успеваемость, результаты анкетирования — всей этой информацией заведовал Масуд. Работа была лёгкой, зарплата — офигенной. Отдельный кабинет, доклады, выступления, научные статьи. Тридцать публикаций за шесть лет, естественно, в соавторстве. Данные — проблема любого изыскателя, особенно большие, долговременные — сразу. Масуд небескорыстно помогал её решить. Одним соавтором больше, одним меньше... Иначе — увы: конфиденциальность, нецелевое использование, этический протокол.

С третьей попытки Масуд защитился. Женился на землячке по любви, растили дочь. Он мог себе позволить обе роскоши. Неплохо для сына ловца черепах. Мало для босяка из фиджийской деревни, которому дырка в полу заменяла санузел. Мир отдал ему не все долги. Карьера остановилась, в топы Масуда не брали. Джефф умыл руки, старый засранец, хочет уйти без помех, отработанный материал.

— Нет опыта руководства! — сорвался раз Масуд. — Булшит! Замкнутый круг. Для работы нужен опыт, для опыта — работа. И кого они берут?! Банковского клерка!

— Менеджера.

— Да хоть управляющего! При чём здесь факинг банк? Мы пока что в университете.

— Банк ни при чём, — ответил я, — и опыт ни при чём. В академической сфере, в науке реально подняться до неба. В администрации — нет. Общий лифт не для пентхаусов. Там отдельный лифт, своя ключ-карта. Легче актрисе попасть в Букингемский дворец. Это семейно-политические кланы. Ты должен появиться на свет в конкретном роддоме, учиться в определённой школе. Пускать сопли рядом с нужными детьми. Улавливаешь смог отечества?

— Ни хрена! — сказал Масуд. — На Фиджи лифтов нет вообще. А здесь они есть. И ключ-карта найдётся.

Офис быстро забывает исчезнувших людей. Через месяц-два их имена звучат как неуместный юмор. Спустя полгода — как латынь. Чуть дольше нужно пространству, чтобы выветрить их голоса. Будничный голос Масуда в трубке всё ещё принадлежал кабинету. Зря я ответил. Поздно.

— В порядке, — осторожно говорю, — а ты? Ты где?

— Нормально. Университет Маккуори. Короче, Макс, есть для тебя работа. Надо со статистикой помочь кое-кому. Возьмёшься? Инфу и данные я скину.

— Смотря что делать. И какие данные. И сколько.

— Числовые, грязные. Рутина часа на три, плюс интерпретация. Сколько ты хочешь?

— Восемьдесят в час.

— Ого!

— Моя рабочая ставка.

А ты не путай свою личную шерсть с государственной, — прикололся мой внутренний голос.

— Шестьдесят, — добавил Масуд.

— Семьдесят.

— Жди.

Я управился за два часа, выписал счёт на три. Он перевёл гонорар — аптека. Последовал новый заказ и ещё. Я стал фрилансить на рабочем месте. Разоблачения не боялся: монитор «спиной» к двери, на экране только цифры — молчаливые друзья. Но соломки везде не подстелишь.

Заходит как-то Ева Дэвис из отдела жалоб. У нас был совместный проект. Ева — молодая, но продвинутая сплетница. Обо всех коллегах знает больше них самих. Побаиваюсь я таких людей. Их осведомлённость сродни психоанализу, а может, ясновидению. Показываю ей какой-то скрин, тут — идеально вовремя — «New email. Mahsood Shah». Вмиг удалил, но Ева — девушка глазастая.

— Хм... Ты общаешься с Масудом?

— Иногда, а что?

— Аккуратней с ним, токсичный индивид. В курсе, за что его выперли?

— Без понятия, всё таинственно. А ты?

— Секрет на десять центов, — усмехнулась Ева. — Масуд слил в UTS какой-то ваш ноу-хау. Ему там обещали работу с повышением. А Джеффу кто-то звякнул из своих. Масуд простой, как тумбочка. Где он сейчас, в Маккуори?

— Вроде.

— Вот. UTS его кинул и правильно. Жаль, эта субстанция не тонет.

Я догадался, что слил Масуд — приложение к Text Analytics. Разработал эту штуку Терри. Когда я вник, то осознал, что Терри — гений. Легким движением руки замороченный софт IBM превращался в конфету. Мы её презентовали без деталей — только результат. Конкуренты взволновались, Джефф сиял. Text Analytics был наспех сделан гиками и выброшен на рынок. С ним буксовали многие, включая консультантов IBM. Три универа хотели купить приложение. Джефф отказал, его любимец слил.

Иногда я думаю: Масуд не так уж прост. Он знал, что Джеффу позвонят из UTS, а может, и устроил это сам. Валить он собирался по-любому. Но выпал шанс уйти эффектно, с достоевщиной, как не воспользоваться им? Велик соблазн нагадить в душу благодетелю — обильно, метко, не скрывая авторства. Облегчиться, захлопнуть дверь ногой и — в лифт, наверх. Или я гонюсь за чёрной кошкой в темноте, сомневаюсь в явном, брезгую простым? Тайно меряю бороды классиков русской словесности? Если так, вот хорошая новость. Недолго им осталось морочить людям головы и портить жизнь.

Впрочем, жизнь справлялась и без них. Кризис две тысячи восьмого столкнул университеты в яму бизнеса. Студенты быстро вошли в образ покупателей, заказчиков, разборчивых клиентов. Преподавателям роль обслуги давалась сложней. С досады профессура ударилась в сексизм, лукизм, эйблизм, менсплейнинг и прочие трендовые шалости, не забывая старый добрый абьюз и харассмент. Отдел жалоб регулярно увеличивал штат.

Наш офис захлестнули три волны манагеров. Они накатывали вслед за сменой лидерства и тотчас уносились, оставив пену, сор и гниль. После Джеффа нами рулил Пол, затем Джанель и Барби. Последняя запомнилась наружностью анорексичной куклы, изумлённой собственным умением говорить. Разнообразие и количество начальников маскировало вялость подчинённых. Мы что-то делали в режиме автономии. Они держались за места, но тщетно. Им не хватало времени избавиться от нас.

Главная проблема умных — вынужденное общение с тупыми. Особенно — длительный, тесный контакт. Или ты ликвидируешь эту проблему, или она ликвидирует тебя. У жены на работе случилась беда: новая директриса выбрала её своей подругой. Тётка была мутная, крыша до небес, мозги таким не обязательны. Однако срочно требовался гид. «Подруга» стала забегать накоротке, изводила лестью, бесконечными вопросами. Тыкала пальцем в экран, оставляя смазанные пятна. Делилась запахом полости рта. Мы в одной команде. Ты, как самый опытный работник, должна мне помочь. Я на тебя надеюсь. Будешь играть на моей стороне — победим... Отмаявшись, жена распахивала форточку, протирала монитор дезинфицирующим средством, запускала вентилятор. Шла пить кофе и жалела, что нет вискаря.

Есть люди с экспрессией кошек. Лицемерить не способны даже по необходимости. Если кого-то любят — это видно. Если презирают — тем более. Я долго живу с таким человеком и знаю, как трудно людям-кошкам в мире собак. Когда мою жену лишили кабинета, ей ненадолго стало веселее: мерзкая дружба закончилась. Потом начались травля и война.

Подробности я вытеснил, да и жена рассказывала мало. Берегла меня, наш дом. Смутно помню темы группировок, шельмования, подстав. Часть коллег легла под директрису, бунтари сплотились в оппозицию. Большинство молчало, надеясь отсидеться. «Они не понимают, — говорила мне жена, — в итоге эта тварь уволит всех. Ей нужны люди с чистой памятью. Новые, лояльные, тупые и обязанные. Важно — уйдём мы сами, или уйдут нас. Цена вопроса — тысяч пятьдесят». По образованию моя жена — историк. Древние, как Византия, схемы известны ей на все шаги вперёд. Увидев директрису, она тотчас принялась искать работу, но столкнулась с жёсткой конкуренцией. Декаданс командного состава был тогда явлением повсеместным. Умные выдавливались первыми. Предложение обгоняло спрос.

У жены образовались новые привычки. Утром она бегала, «нагуливала самость», дышала океаном впрок. Пять километров, взлёт на мост, рывок сквозь бегунов, велосипеды, трафик офисных андроидов. Сидней затемно гонит рабов на плантации денег. Вот молодая дама, углублённая в айфон. Дресс-код, очки, наушники, кроссовки. Шагает в Сити, на лице — ни тени беспокойства от предстоящей гибели целого дня в коробке с чужими... Нет, только позитив. Назад — к простым сиюминутным ощущениям. Вдох-выдох, осанка, диафрагма, гордая шея, плоский живот. Техника бега редкой красоты, так говорил ей некогда тренер. Касание, стопа, отрыв. Изящество, лёгкость, свобода. Отпустила всё — летим.

Левый берег, ещё пять километров. Мимо утомлённых за ночь ресторанов, очередей за кофе, сонных яхт. Мимо идеальной плоскости воды, давно забывшей стрессы океана. И тут в неё вливается рассвет. Картина неизвестного художника готова за минуты. Бледно-розовый тон, лаконизм перевёрнутой копии города. Солнце путается в такелаже, мечется по зеркалам небоскрёбов. Победно — ракетой на тысячу мест — сияет наш дом. Вот за что... именно ради... Помнить. Всегда. Утро, Darling Harbour — гламурная петля Сиднея.

На посошок закинуть четвертину ксанакса. В авто перекричать Селин Дион:

> All by-y my-y-self
> Don't wanna be
> All by-y-y myself
> Anymore...

И войти в эту клетку не тварью дрожащей, но укротителем, змееловом. Надменная улыбка, вежливый сарказм. Подонки должны знать своё место. Сосредоточиться. Не подставляться. Не облегчать им жизнь. Иногда Селин брала антракт, жена ездила в офис на автобусе. Цель — вернуться домой пешком, дать себе час-полтора на адаптацию к миру. Стянуть с души противогаз, бронежилет, вытрясти ненависть из головы. В сумке — плоская бутылочка Cointreau. Prosit, вечерние тени Centennial парка! Вздрогнем, цветные огни Surry Hills!

Тема увольнения поселилась в наших разговорах и молчании. Помню, как-то жена говорит:

— Раньше мне казалось, что эта тварь состоит из опилок. Ан нет, она состоит из какашек. Представь, человек целиком из дерьма. Каждый вечер смываю её в унитаз. И каждое утро она появляется снова.

Её голос дрогнул, я увидел слёзы. Когда такое происходит, мне хочется кого-нибудь убить. Себя легче всего. Обнял её.

— Всё. Завтра увольняешься. И не возражай, я...

— А квартира? Ипотека? На одну зарплату мы...

— В жопу квартиру. Продадим, купим дешевле.

— В Сиднее нет понятия «дешевле»!

— В жопу Сидней! Есть другие города.

— Я не хочу другие! — всхлипнула жена. — Это мой город, мой дом! Ладно. Слушай. Скоро у нас реструктуризация... Дай салфетку. И не смотри на меня! Несколько позиций сократят, мою точно. Переименуют, объявят левый конкурс, наймут своих... Не суть. Важно то, что мне заплатят компенсацию — пятьдесят четыре тысячи за расторжение договора. А если я уйду сама, мы эти деньги потеряем.

— Скоро — это когда?

— Думаю, месяц-два.

Ночь, балкон, тяжёлый ветер. Город в чёрной мантии с блёстками и стразами. Трудно закурить. Ещё трудней не думать о вечной свободе тридцатью этажами ниже. Пара секунд? Сорок пять лет? Успею ли я крикнуть что-нибудь, например, «fuck you»? Будет ли страшно или, напротив, легко? А человек без рези в животе, без тошноты, без боли... умирает. И все проблемы решены, не так ли? Нет.

Гудели и позвякивали сотни кондиционеров. Тысячи светящихся иголок вонзались мне в глаза. Манили, исполняли пошлый танец.

— Fuck you! — сказал я городу. — Думаешь, ты победил нас и сожрал? Мы от дедушки ушли и от бабушки ушли. Нами Самара и Москва подавились. Не ты нас использовал, мы — тебя. Вали из нашей жизни, ты уволен.

— Посмотрим, — донеслось в ответ.

Через неделю у жены был медосмотр. И ей поставили ошибочный диагноз. Зачем я написал «ошибочный»? Ведь правильнее было бы «немыслимый», «ужасный». Затем, что по любым законам, в любой системе координат — эмпирической, статистической, метафизической, эстетической — произошла ошибка, сбой. Один из тех абсурдных косяков Вселенной, единственный смысл которых — проверить нашу живучесть. Рассудок ищет логику, таков его дизайн. Молодая, прелестная, любимая женщина заболевает непроизносимой дрянью. Женщина добра и сострадательна, внимательна к прекрасному, чувствительна к любой несправедливости и боли, особенно чужой. Её карма чиста, значит, дело во мне. Меня наказывают крайне подлым способом. Я далеко не ангел и за своё отвечу. Но это, братцы, явный перебор.

Как быстро облетают с человека пыль рационального, шелуха гордыни, позолота знаний. С какой досадной лёгкостью ползём мы на коленях к образам. Я — аналитик, психолог, скептик — всерьёз рассуждаю о карме. Мне ли не знать, что реальность темна и бессмысленна? Она — бесконечное множество переменных, в переводе на человеческий — хаос. В ней нет справедливости и воздаяния, нет логики, ошибок, правил. И когда плохие вещи случаются с хорошими людьми — это сквозь дыру в заборе матрицы мы с омерзением замечаем никому не нужный настоящий мир.

Австралийская система здравоохранения похожа на коалу: шевелится без спешки и энтузиазма. Однако в эти дни её стремительности мог бы позавидовать гепард. Замелькали тесты, встречи с докторами. Нас как-то незаметно обезличили. Мы сделались задачей, объектами контроля профессионалов, в чём помимо явного был и скрытый плюс. Объекты не боятся, не умеют плакать от жалости к себе. Нам перестали задавать вопросы. Пройдите… вдохните… заполните… Завтра операция, не ешьте после семи. Наутро мою лучшую половину, растерянную и бледную, увезли в недра госпиталя St. Vincent. А другая осталась наедине с пустотой, тишиной.

Где-то к полудню включился мозг. Я поймал интересную мысль: больницы — анклавы внутри территорий здоровья. Мини-государства с уникальной атмосферой, населением, языком. Туда можно отправиться на время или угодить на ПМЖ, что вначале дискомфортно, как любая эмиграция. Затем ты привыкаешь к невесёлым лицам, вони санитайзера, холодной деловитости врачей. К тому, что некто рядом смачно выкашливает туберкулёзные палочки — этот персонаж неотвратим. Зато тебе всё чаще улыбаются медсёстры. И гиганты-санитары, транспортируя куда-то отрешённых бедолаг, кивают, как своему. Я должен немедленно выйти отсюда. «Новости будут не раньше двух», — сообщили из-за стекла.

Новости появились около шести. До того я изучал ногами кривую геометрию района Darlinghurst, стараясь унять панику и тошноту. Заменить их хотя бы отчасти новизной потайных, неуверенных улиц — не шире двух мусорных баков плюс-минус кот, полудиких двориков странных форм, например треугольных, где детская горка или карусель давно приобрели черты скульптурной композиции. Где тихо прорастает в землю лавочка — шанс отдохнуть, закурить, вытянув ноги, даже прилечь, если этого не сделал местный бомж. Выбирать маршруты не имело смысла. Любой из них вёл меня к больничному ресепшену точнее, чем Веню на Курский вокзал. «Всё под контролем. Ждите», — не без досады повторяли мне. Я гнал от себя ужасный вопрос: почему, почему, почему так долго?

Иногда отчаяние притворялось текстом. Слова толкались в голове, пока не возникал какой-то смысл. Например: «Могу ли я изменить то, что сейчас происходит с женой? Нет. Могу ли изменить хоть что-нибудь? Вернёмся к данным». Я мысленно открыл ноутбук.

«Пять дней в неделю я спешу на электричку, она — мой погонщик, таймер. Не успел — спустил полчаса в унитаз. Опоздал на пересадку — столько же туда же. Мимо тянется промзона, опостылевший ландшафт. Час пятнадцать в одну сторону — удача. Итого одиннадцать часов, лучшее, дневное время суток исчезает в каменных или железных боксах, набитых посторонними людьми. Хотя по факту коллеги мне ближе родни: годами неразлучно производим деньги на еду, счета, налоги. На помещения для сна. Но если бы только убитое время. Офис лезет в душу, память, вытесняя единственного необходимого и достаточного человека. И вот теперь этот человек… Не отвлекайся. Дальше.

Пять дней в неделю мы с женой видимся затемно, усталые, как ездовые собаки, которым так хочется спать, что они забывают поесть. Ради чего? Ну да, квартира в центре, ипотека, путешествия. Но вся ли это правда? Нет, правда в том, что к нам прилип императив: безделье — грех, праздности надо стыдиться. Человек идентичен работе, он — её функция, псевдоним. Нет работы — нет человека. Быстрее, усерднее, лучше! Карьера, всеобщий респект. Если отстанешь — ты лузер. Если остановишься — погиб. А может — наоборот? Может, человек действительно разумный есть автор свободного времени? Может, его главное творение — длительность и качество досуга? Неучастие в коллективной гонке за успехом, общество немногих избранных людей, пейзажей, книг. Выдумка миров и смыслов. Реставрация себя. Тут надо сформулировать иначе. Это разные индивиды, почти разные виды. Но после, потом… потом».

День балансировал на грани эпилога. Между домами намечались сумерки. Я вынырнул из дум на Oxford Street — затейливой в иное время улице, где сексуальные меньшинства составляют большинство. Был особенно людный час, когда ещё открыты бутики с подробно облегающей одеждой, секс-шопы ещё манят вычурным бельём, но уже полны огнями рестораны, динамики выталкивают на террасы музыку, из баров пахнет свежим алкоголем, и гордые меньшинства, будто делая планете одолжение, выходят на закатный променад. Махнуть сотку для крепости духа? Плохая идея, бессовестная: у жены операция, а свинья — о грязи, фу. Тем более я, выпивка и стресс — опасная компания. Вместо укрепления дух может ослабеть. Разрыдаюсь посреди толпы, и геи будут утешать меня. Или не заметят, что ещё позорней. Не стоит так испытывать людей. Внезапно атмосфера Oxford

Street стала непригодной для дыхания. Почти бегом я устремился в госпиталь. На входе зазвонил мой телефон.

Хирург мне понравился — старый. Доверяю людям, сделанным в эпоху качества. Внушительный, похожий на сенатора, он экономил мимику, чувства, голос.

— В целом порядок. Были проблемы с давлением, но мы справились. Шансы процентов девяносто.

— Шансы на что?

— На полное выздоровление. Конечно — реабилитация, процедуры… К Рождеству будет как новая.

— А остальные десять?

— Повторно оперируем, и снова девяносто.

— Спасибо вам, — я протянул руку. Ощутил его большую прохладную ладонь, — когда домой?

— Дней через пять.

— Увидеть её можно?

— Конечно, пойдёмте.

Мы двинулись по коридору.

— Доктор Митчел, — не выдержал я, — откуда это у моей жены? Может, нервы, стресс?

— Не думаю. Моя задача оперировать, а не искать причины.

— А как же холистический подход?

Он хмыкнул:

— Я не сторонник этих баек. Но стресса лучше избегать.

Вид жены, едва заметной на фоне ослепительных подушек, трубок, игл, меня сломал. Оснастившись по дороге четвертинкой «Джонни Уокера», я смог зайти в квартиру. Дом встретил спёртой тишиной. Ноутбук и телек вызывали отвращение. Превозмог, включил одновременно, распахнул балкон. Достал из холодильника съестное. Каждая из выпитых рюмок умножала фантомное присутствие жены. Её шаги и тень мерещились на кухне. Из ванной доносился лёгкий шум, из спальни — ровное дыхание. Мне удалось заснуть и пробудиться одному.

Утро, звонок в больницу. Пациентка в норме, спит, визиты после трёх. Месседж на работу: полгода за свой счёт. Не дадут — и пофиг, всё одно уволюсь. Рюкзачок, кроссовки, бар. Двойной «Смирнов» безо льда. Тёмное вдогонку, два с собой. И пообщаться с этим городом всерьёз.

Несколько дней я бесцельно ходил по Сиднею, убивая время расстоянием, тревогу — шагом и цензурой мыслей. Вспомнив техники дыхания, которым нас учили на психфаке, я погружался в ритм и транс, соскальзывал в невидимость. Меня не беспокоили толпа и светофоры. Автомобили, люди проплывали мимо, иногда насквозь, без толкотни, сердитых звуков, грубых жестов. Затем я понял, что иду не наобум, стал узнавать места, любимые женой: Darling Harbour, White Bay,

Centennial Park, Surry Hills. Возможно, здесь находились лучшие точки обзора прошлого и будущего. Настоящее было понятно и так. Этот город нас кинул, подставил. Мало того — подменил. Когда это случилось? Почему? И можно ли вернуть себя обратно? К трём часам из головы выветривался алкоголь. Я шёл в St. Vincent навестить жену. В больничном туалете убеждался, что всё ещё похож на человека. Умывание, мятный спрей, дезодорант. Вперёд.

Наши разговоры той поры касались большей частью медицинских тем, интересных только нам и поневоле. Стоит ли их воспроизводить? Жене легчало — это главное. Домой её не отпускали. Вечера я проводил в обществе Джонни или Джека, записывая рефлексии дня. Заметки эти сохранились. Я их не редактировал, не стану и теперь.

«Труд унижает человека. Уничтожает человека. Иначе это либо не труд, либо уже не человек. Есть редкие счастливцы, которым платят за их хобби. За то, что им ценнее денег и милее прочих благ. Шансы попасть в эту группу близки к отрицательным. Большинство людей свою работу терпит. Зачем они работают? Зачем работаем мы? Ответ сложней, чем кажется.

Физическое выживание. Не наш случай, да и ничей в этих краях. От истощения здесь давно не умирают. Напротив, многие соцпаразиты выглядят значительно бодрее работяг. Успех на стезе тунеядства, однако, доступен не всякому. Мне доводилось знать людей, сидящих на шести пособиях разом. Их отличали навыки в юриспруденции, мужество и практицизм. Быть паразитом некрасиво? Забудем этот бред. По мне „дауншифтинг“ звучит веселей, чем „пособие“. Но скучней, чем „фриланс“. Подумать.

Выживание повышенной комфортности. Просторно, тихо, вкусно, безопасно, эстетично. Любящие наследники вокруг, а бескорыстная любовь теперь недёшева. Вопрос: какую часть своей жизни ты готов за это отдать? Половину? Три четверти? Восемь десятых? Тут важно уловить баланс. Чем больше ты работаешь, тем меньше времени и сил для наслаждения плодами. Зато плоды есть. Чем меньше, соответственно, тем больше. Зато их нет. Зато свобода. Я не противник яхт, особняков и бизнес-класса, если деньги на это упали с небес. Если ты их унаследовал, втюхал что-то миллионам простаков, сорвал джекпот. Но горбатиться с рассвета до заката? Оно не стоит того.

Структурирование времени. Газетная история. Где-то в Англии начальник уездного Макдоналдса выиграл пятнадцать миллионов в лотерею. Он в этом заведении работал с детских лет и стал годам к пятидесяти боссом. Фортуна любит именно таких. Уволился, естественно, купил шикарный дом, „Ленд Ровер“, плазму в полстены, закрыл обоим детям ипотеки. Месяц скучали в круизе с женой. И… вернулся на работу в свой макдак. „На фига?!“ — спросили журналисты. „А что ещё мне делать-то? — вздохнул миллионер. — Телек надоел, рыбалку не люблю, газон пострижен. Утром просыпаешься — некуда идти, тоска“. Немая сцена.

Самоидентификация, подмена „я“. Терри часто говорит, что цель и смысл его работы — деньги. Много денег. Будь их достаточно — ушёл бы хоть сейчас. Он лукавит, вероятно, бессознательно. Непросто осознать, что вне конторы ты не существуешь. Офис — единственное место, где Терри принимают всерьёз. Тёплых чувств взаимно не питают, но ценят по уму — высоко. Здесь хранится всё его духовное имущество: идентичность, значимость, самоуважение. Здесь он — личность. Там — кукла, манекен преклонных лет без семьи, увлечений, друзей. Офис и Терри разлучит только смерть, чего я им обоим не желаю.

Отдых от супругов и детей. Без комментариев.

Карьеризм, сверхкомпенсация. Уточняем термины. Стремление быть лучшим — это перфекционизм. Стремление быть начальником — это карьеризм. Свойства, как правило, разных людей. На административные высоты ползут не от больших талантов и счастливой жизни. Любой упорный карьерист — в анамнезе обиженный судьбой. Когда тебя долго имеют многие, а ты — никого, хочется принципиально новых впечатлений. Этого комплекса мне удалось избежать. Бит умеренно, командовать не рвусь, плюс мало кому доверяю. Всё равно придётся делать самому. Даже семейное лидерство мы с женой вечно пихаем один другому. Словом, не наш кусок пирога. Масуд, напротив, попадает в эту схему, как нога в домашний тапок. Кстати, потомок ловцов черепах был прав: настройки социальных лифтов изменились. Настали времена масудов, эпоха льгот и квот. Сменив шесть универов и кучу должностей, он занял-таки кресло топ-манагера. И пусть, мечты хоть иногда должны сбываться. Вдобавок он поныне находит мне фриланс.

Понты, гордыня, символы успеха. Чем отличается новая „Хонда“ от нового, скажем, „Роллс-Ройса“, помимо цены? Понтами. Желанием что-то доказать, кому — не суть. Доказательства бывают разные. „Роллс-Ройс“ нам до фени — уже хорошо. Странствуем без пафоса, впечатлений ради. Девайсы, шмотки, книги любим старые. Телефон мой редко с отвращением звонит, а больше не умеет ничего. Когда я достаю его публично, народ разглядывает нас, как динозавров. Квартирный вопрос подгадил, увы. Банальная история: провинция, дыра, унылость коммуналок и хрущёвок. Столица, общежития, мытарства по углам. Съёмные квартиры, усталые и равнодушные, как проститутки. И Веллингтон, и Сидней поначалу — муниципальные клоповники, этнически заметные соседи… И когда возникает просвет ипотеки, охота не просто жильё, а знак — дерзкую, элитную высотку, центр, балкон. Чтобы лететь на высоте этого города, вопя, как сумасшедший птеродактиль: „Мы это сделали! Мы прибыли сюда без ничего: без связей, контрактов, помощи, денег! Без прошлого. Задерите головы, мальчики и девочки, родители, начальники, коллеги и друзья, москвичи, мать вашу, и гости столицы, — смотрите — мы сделали это!"

Свой дом. Как много в этом звуке… Хотя своим он будет через жизнь. Зато впервые за десятки лет ты громко называешь адрес. И ощущаешь, торжествуя, их когнитивный диссонанс, и наблюдаешь, как они — даже местные в трёх поколениях, богатые в двух — контролируют рты и глаза. При этом ты фиксируешь себя: да, это — первый смертный грех, сверхкомпенсация, вот так оно работает. А годы идут, эйфория кончается, долг, как и прежде, немыслим. Исподволь долг и работа завладевают тобой, диктуют оценки, поступки. Всё остальное — довесок, ненужный скрипач в мегаполисе сдвинутых ценностей. Именно это происходит с нами — мы уценяем себя, отменяем себя.

Выяснить нынешнюю стоимость квартиры».

К четвёртому дню тунеядства бармен стал меня узнавать. По обоюдному кивку налил мне завтрак. Выдал сухой, то есть мокрый, паёк. Затем я растворился в Surry Hills, квартале сиднейской богемы. Это не составило труда. По здешним улочкам во множестве слоняются бездельники с глазами ретрансляторов Вселенной. Рассевшись по кафешкам, до полудня тянут латте, щиплют круассаны, дегустируют мерло и шардоне. Под столиками дремлют их лохматые собаки. На что существуют эти любители медленной жизни?

— Отец небесный кормит их, — шутит жена у меня в голове, — и неплохо кормит, я тебе скажу. Угадай цену квартиры в Surry Hills размером с нашу.

— Тысяч шестьсот?

— Восемьсот с парковкой, я смотрела. А рент — от семисот.

— Богатые наследники?

— Не, вряд ли. За пару веков население сменилось не раз. Когда-то здесь была гадюшная окраина: притоны, кокаиновые войны. В начале двадцатого века проложили железную дорогу, вычистили кладбище первопоселенцев, закрыли цистерцианский монастырь и при нём больницу для умалишённых...

Голос жены приобретает кафедральную взволнованность. Он создан для акустики лекционных залов.

— У подножья холмов встал Центральный вокзал. Земля с опасным прошлым становилась городом и через полвека оказалась в тренде. В Surry Hills устремилась богема, следом — «позолоченная» молодёжь. Викторианская псевдоготика меняла хозяев и стоимость. Фанаты рифмы, кисти и мелодии платили за историю, за аромат слежавшегося времени. Глянь на эту перспективу: стена таунхаусов будто движется вверх-вниз. Вместе с ней — треугольники крыш, чугунные решётки, дымоходы, антенны торчком… На что это похоже?

— Лондон? Крепость?

— Да, но ещё — спина дракона в чешуе и амуниции…

Дракон. Не он ли — метафора этого города? Трюкач и мастер перевоплощений. Летящий, гипнотический фантом, для которого мы — обслуга, еда.

— Тебе будет сложно уехать отсюда, — произношу я вслух. Кому? Жена исчезла, а слова на воле не живут. На меня глядит терьер с бородкой разночинца. Он дожидается мамашу у салона красоты.

— Ей будет трудно уехать отсюда, — повторяю я внимательной собаке, — она будет скучать, тосковать. Думать, что мы совершили ошибку. Мы — дети больших городов, захолустье нам чуждо и прочее. Но я возьму этот груз на себя. Потому что бегство — единственный шанс сохранить двух людей, которых мы знаем. Которых я не готов потерять.

Дома я открыл свои заметки и, морщась от пошлости, выстукал: «Новые правила жизни». Дальше пошло веселей.

«Новые правила жизни:

Я не обязан соответствовать чьим-либо ожиданиям, в том числе своим.

Я свободен от сравнений себя с кем-либо, включая себя в прошлом.

Меня не беспокоят мнения людей, включая близких и умерших.

Я доволен тем, что есть.

Я не тревожусь о том, что было, будет или могло бы быть.

Никто и ничто не заставит меня работать за деньги, пока их хватает на скромную жизнь».

Перечитал. Удалил «меня» в последнем. Вставил «нас».

Добавлено в тот же файл несколько месяцев / лет спустя.

«Когда времени остаётся мало, пытаешься занять его у пространства. Идеальное место для этого — бесконечный, необитаемый пляж. Идёшь в любую сторону, отменив часы и километры, — никого. Только шум океана и небо. И песок, будто тёплый кошачий мех. Голова просторна, мысли легче облаков, цифр не существует, законы физики

под вопросом. А главное, — напоминаешь себе, —
ты не в отпуске. Уезжать никуда не надо. Это твоё.
Поверил? Поверил».

Конформистка

Повесть

Металлический цилиндр передразнивал солнце. Из его отверстий лениво выползал дым. Сандра бросила окурок и направилась к машине, когда двери шопинг-центра плавно разошлись. И оттуда к ней беззвучно выехала детская коляска. Фирменная, не китайское барахло. Внутри спал младенец, похожий на дорогую куклу. Завернут во что-то лёгкое, бело-розовое с кружевами. Девочка. Двери сомкнулись. Вокруг — никого.

Так… — подумала Сандра Нест. (В прошлой жизни — Саша Нестерова. Ныне гражданка Австралии, тридцать семь, замужем. Фигура обычная, рост средний. Лицо скрыто элегантной панамой. Глаза — солнцезащитными очками.) Так… Камер слежения за парковкой нет. Недавно какой-то дебил царапнул здесь её авто, и она ходила узнавать насчёт камер. Свидетелей — огляделась быстро — если только в машине кто… Ребёнка — в охапку и мигом свалить. И потом всё это объяснить как-нибудь. Взять неоплачиваемый отпуск, в крайнем случае уволиться. Но что сказать Тёме? Я сумасшедшая. Даже за такие мысли надо…

Тут двери снова разъехались, и выбежала женщина. Судя по дикому, растерянному виду, — мамаша. В одной руке — пакеты, в другой — телефон.

— Ох, господи, — схватила коляску, глянула внутрь, запричитала, — спасибо вам, дорогая! Спасибо! Позвонили не вовремя, я у кассы была… И её кто-то толкнул, наверное. Оглядываюсь — нет! Я чуть в обморок не грохнулась. А если бы выехала на парковку… Слава богу, вы остановили! Есть же хорошие люди на свете.

— Я думала, это мне подарок к Рождеству, — Саша улыбнулась. — Сколько ей?

— Два месяца. А у вас дети есть?

— Нет.

— Успеете, наслаждайтесь пока. У меня эта третья, двое — погодки. Измучилась реально, ноги подгибаются, голова в тумане. Ну ладно, мы поехали. Хорошего вам дня и… удачи.

— Вам тоже.

После тридцати вопрос о детях стал неуютным. Затем превратился в болезненный. За шесть лет эмиграции она сменила три работы. Бухгалтерия, администрация — коллектив в основном женский. Тема потомства возникала чуть ли не каждый день. И когда Саша говорила «нет», в беседе ощущалась едва уловимая пауза. Может быть, только Саша её замечала? Или не было вовсе этой паузы? И взглядов не было сочувственных, фальшиво ободряющих? Так воспитанные люди смотрят на калек. И шушуканье за спиной ей тоже мерещилось? Столько лет замужем и не рожает. Больная? С мужем что-то не так? Эгоистка, любит пожить для себя? А часики-то тикают. Саша знала, что преувеличивает, однако избавиться от этих галлюцинаций не могла.

Почти у всех сотрудниц дети были. У некоторых — двое-трое. Ими хвалились, демонстрировали фото, нередко младенцев приносили в офис. Разом начинались тошнотворные «ахи» и сюсюканье. Дети оправдывали толстую жопу, зачуханный вид, нескончаемые бюллетени, опоздания, ранние уходы. Некоторые тётки попроще спрашивали без церемоний:

— Что тянешь с ребятишками?

— Так сложилось, — говорила Саша.

— Пойми, — учили её, — в твои годы этим надо заняться серьёзно. Для полноценной семьи ребёнок необходим. Я знаю хорошую клинику, сбросить тебе их контакты?

— Дура! — мысленно орала Саша. — Сбрось лучше по валику с каждого бока!

На самом деле ей очень хотелось ребёнка. У них с Тёмой получилась бы славная дочь. Ещё в России думала об этом. Но жили они тогда как-то скомканно, приблизительно. Моталось по съёмным квартирам, крутились, цены росли, денег не хватало.

Потом готовились к эмиграции. Хмурые очереди в посольство. Ворох бумажек, перевод, деньги, нотариус, снова деньги...

Эмигрировали в Новую Зеландию. О, это парадоксальная страна, её толком мало кто знает. И меньше всех — те, кого угораздило там родиться. Веллингтон неприятно изумил Сашу утрированной, киношной провинциальностью. Шаг-другой от центра — и ты в колониальной фактории позапрошлого века. Облезлые двухэтажные здания. Сверху — жильё, занавески на бечёвках. Во дворах и на балконах сохнут труселя. Внизу — лавки, сэконд-хэнды, пивные с музыкальными автоматами. Фу-у... дохнуло горелым жиром — значит, рядом Charcoal Chicken или Fish & Chips. И опять старьёвки, комиссионки, развалы выцветших книг, измождённой мебели, грампластинок. Сильный ветер, переходящий в дождь. Мокрые автомобили неясных лет и окраса. Из каждой щели тянет сыростью, пылью, гнилью, нафталином... Сундуком дедушкиной одежды, который распахнули впервые за много лет. И нарядили в этот реквизит полгорода. А лица... Странные, перекошенные, дремучие. Диккенс, Брейгель и тест Сонди. Но главное, обратный билет уже не взять. Четыреста баксов на двоих.

Эмиграция — дело известное. Первые два-три года ты никто и звать никак. Общежитие Армии Спасения, пособие, курсы новозеландского английского. Пылесосы, швабры, вёдра, очистители. Грязь чужих домов, растоптанный попкорн в кинотеатрах… На культурный шок Тёма отвечал решительным алкогольным протестом. Питейный магазин The Mills удобно находился в двух шагах. Дешёвую водку и бренди там продавали в розлив. Супруги разбегались и мирились дважды. Раз — официально, другой — просто так. Глупо тратиться на развод, всё одно потом сходиться.

Мало-помалу жизнь устаканилась, перебрались в Сидней. Оперный театр напоминал глубокий вдох. Шум океана в панцире моллюска. Геометрия моста отрывалась от действительности. Мускулисто и уверенно гудели корабли. Даже небоскрёбы казались родными. Саша устроилась бизнес-аналитиком в Energy Pacific. Тёма шоферил на автобусе, мечтал переучиться на дальнобойщика. Вечерами на студии у приятеля записывал третий альбом. Халтурить в ресторанах по-прежнему брезговал, однако звали уже нечасто. Саша этого не понимала, лёгкие ведь деньги. Ну да, жрут, пьют, звенят бокалами. Можно потерпеть часок-другой. Но муж был твёрд: «я своё в кабаках отыграл». Купили участок в ипотеку, начали строить дом. С госсубсидией выходило терпимо. И дом будет новый — отдельная радость. Свежий, не пропахший чужим.

Саша вновь заговорила о ребёнке. Муж реагировал кисло.

— У нас проблем что ли мало, Саш? Дом закончить, переехать, выплатить заём. Отдохнуть где-нибудь по-человечески. В круиз смотаться хоть разок. На острова. В Европу...

— Проблемы будут всегда. А у меня возраст.

— Да ладно, возраст! Нормальный юный возраст. Вообще я не понимаю. Нам плохо что ли вдвоём? Можно кошку завести.

— Без ребёнка семья какая-то не... неполноценная.

— О, фак! Оставь этот замшелый, архаический бред.

— При чём тут замшелый, Артём? Я просто хочу быть мамой, как все. Женщины так устроены. Для них в этом есть особый смысл. Представь, какая симпатичная у нас вышла бы дочь. На тебя похожая. И на меня. Мы бы её научили...

— Мы с тобой не как все. Мы — отдельные, другие. А во-вторых, ребёнок — это огромная инвестиция с непредсказуемым финалом. Он забирает уйму времени, нервов, денег, сил. Бессонные ночи. Болезни. Ты знаешь расценки в детсадах? В хороших, не цветных? Пол моей зарплаты. Короче, двадцать лет мы горбатимся, отказываем себе в удовольствиях, путешествиях, хобби. Питаемся китайской лапшой. Ездим на консервной банке. А потом это существо вырастает и шлёт тебя на хер. Потому что ты — лузер, не купила ему новый смартфон, говоришь с акцентом. И это не самый плохой вариант. Через одного ведь жрут колёса.

— Не преувеличивай. Миллионы семей воспитывают нормальных...

— Я преувеличиваю? Ха! Покатайся на сто третьем вечерком. В пятницу или субботу. Полный автобус тинейджеров — на дискотеки едут или обратно. Все под кайфом, орут, глаза чёрные, стеклянные. И пивные банки летают по салону. Два раза полицию вызывал.

Саша бросила предохраняться. Думала: если что, скажу, таблетку забыла принять. А родится дочь, Тёма её обязательно полюбит. Так часто бывает у мужчин, она слышала. Прошёл год — и ничего. Саша записалась на обследование. Детородные органы были в порядке. «Но, — улыбнулась врач, — тянуть не стоит. Вы не девочка, сами понимаете. И мужа надо бы посмотреть».

— Это ещё зачем?! — возмутился Тёма. — С какого бодуна мне там позориться? Я здоров. И потом, ты же пьёшь эти... таблетки.

Саша покачала головой. Совершила попытку заплакать.

— Ну, блин... — выдохнул муж, — и давно?

— Полгода.

— Да... Упряма ты, мать. И скрывала ведь... — он поморщился, махнул рукой, — ладно, делай как хочешь. Только в больничку я не пойду. Со мной всё нормально. И полгода ещё не срок.

— Откуда ты знаешь, что нормально?

— Знаю. От меня по молодости залетела одна…
Поклонница. Это до тебя было, при царе Горохе.

— И?

— Аборт, кажется, сделала. Я особо не вникал.

Между тем ей стукнуло тридцать, и сразу, без всякого перерыва — тридцать пять. Или семь. Время летело, точно издеваясь. Саша тихо наблюдала, как исчезает её жизнь, обваливается по краям, будто льдина весной. Повсюду чёрный холод и вода, и нет спасения. А в центре трепыхается, как заяц, одинокая душа. Саша помнила истерику, которую закатила, увидев своё фото в выпускном альбоме. «Из-за губ не видно переносицы», чёлка кривая. Трагедия, катастрофа, впору самоубиться. Прошло двадцать лет. Вопрос губ, чёлок и фотографий давно слетел с повестки дня. Загадка, которая мучила её теперь, — где? Где, чёрт возьми, где эти годы между ней тогда и сейчас? Куда провалились, спрятались, исчезли?

«Если данный момент — в числителе, а прошедшие — в знаменателе…» Эту песенку Тёма спел ей в день знакомства. Вряд ли его собственный инсайт, прочитал либо услышал, теория не новая. Субъективная длительность времени есть дробь, отношение условной единицы к прожитым годам. Год для пятилетнего человека — одна пятая его жизни. Двадцать процентов. А для пятидесятилетнего всего два. То есть. То есть. Чтобы притормозить время, надо либо уменьшить знаменатель (здравствуй, дедушка Альцгеймер). Либо увеличить числитель. Удлинить сегодняшний день, текущий месяц, год. У Тёмы для этого были его песни. Его стихи и музыка. У неё будет её ребёнок.

Когда Саша обретала цель, препятствия лишь добавляли азарта. Цель — главное, остального не существует. Пусть в «остальное» угодил твой муж. Удивительно, — думала она, запуская ноут, — даже стараясь быть как все, я иду маргинальным путём. Бороться, похоже, глупо. Когда это началось? Пальцы тем временем набирали «Как зачать ребёнка без…». «Мужчины», — подсказал Гугл. Затем «овуляции» и, наконец, «участия мужа». Чуть помедлив, она кликнула третью строку.

* * *

В детстве многим хочется скорее повзрослеть. Взрослость манит размахом жеста, соблазнами ошибок, прищуром света из-под двери, томительной иллюзией свободы. А когда за этой дверью надают по шее, люди просятся обратно. Однако многим — это значит — не всем. Саша рано догадалась, что она из «не всех». Взрослеть ей не хотелось совершенно. Когда твои годы измеряются однозначными числами, взросление — почти синоним насилия. Взять хотя бы детский садик. Там постоянно заставляли что-то делать, например, есть. Саша откусывала кусочек творожной запеканки и жевала его весь завтрак. Но ещё хуже — варёный лук в супе… бэ. А главное — масса шумных, тупых, посторонних детей.

Однажды, вернувшись с прогулки, она не смогла развязать шубку. Тесемка была сырая, а руки замёрзли. «Сама», — бросила воспитательница на ходу. Саша осталась в пустом коридоре. Хотелось плакать, но это означило бы — как все. Ах, так, — подумалось, — ну ладно. И она поехала домой.

Номер троллейбуса она помнила и дорогу более-менее. Ехала долго. Какие-то люди обратили внимание на бесхозное дитя. Сашу отвели в милицию. Но пока там выясняли, что да как, ребёнок сделал ноги. Дом был почти рядом. Только у двери сообразила: мама с папой на работе! Постучала, вздохнула и… двинулась обратно в садик.

Тем временем зажглись огни автомобилей. Будто по их сигналу в улицы проникла темнота. Сашу окружил другой город. Здания превратились в силуэты. На сугробы легли цветные пятна реклам. В садике уже все разошлись, горело только окно заведующей. Знакомая «Волга» 2410 стояла у крыльца. Из приоткрытой двери кабинета Саша услышала голос папы. И сразу увидела его — в серо-голубой шинели с красными погонами. Заведующая, Лидия Сергеевна, шмыгала в платок. Незнакомец в пальто говорил по телефону. Он первым заметил Сашу. «Отбой, майор. Кажется, нашлась».

Дома Сашу не ругали. Есть люди, особенно женского пола, на которых трудно сердиться. Их, напротив, хочется утешить. Даже если они крепко накосячили. Извиниться, как ни странно, тянет перед ними. И возраст здесь ни при чём.

— Я знаю, тебе надоело в садике, — успокаивала мама, — потерпи ещё годик, это совсем недолго. Пойдёшь в школу, и всё будет хорошо.

Мамины слова казались дочери наивными. Во-первых, год — это очень долго. А во-вторых, чего там хорошего, в школе-то?

— Больше так не делай, Александра, — говорил папа, — обиделась на кого-то, а расстраиваешь нас. У меня на работе беспокоились... важные люди. Которых, знаешь ли, не стоит беспокоить.

Да, Саша знала — работа у папы особенная. Там хранятся большие секреты и командуют важные люди. Атмосфера многозначительных намёков окружала её с пелёнок. Посёлок, где она родилась, назывался комбинацией из букв и цифр. На улице всегда было холодно, мало солнца. И ракеты исчезали в чёрном небе, сверкая, как бенгальские огни.

Затем они переехали в Сирию. После — в Германию. В Сирии ей запомнилась одна ночь. Праздник в саду, ароматы вечерних цветов, духов и кухни. Медленные бабочки величиною с птиц. Её поставили на стол и фотографировали. И ещё — многие хотели потрогать её русую голову. Потом фотограф взял Сашу за руку и кланялся. Саше казалось, что она фея или принцесса. Или одна из этих бабочек. Чувство сохранилось в ней и включалось, будто аварийный источник света, много лет. О Германии воспоминаний не осталось.

Дальше — город Ярославль, папе дали новую работу. Называлась она «институт». Сашу отдали в детсад, где вышла та история с побегом. Наутро в группу явилась заведующая. Детей рассадили по стульчикам, что-то говорили. Прозвучала её фамилия. — «А теперь послушаем, как Саша Нестерова извинится за вчерашнее». — «Не буду, — Саша кивнула на воспитательницу, — или пусть она тоже извиняется». Через неделю воспитательница исчезла.

В школе Саша училась на четвёрки, плюс-минус балл. Но по математике всегда было «отлично». Решения уравнений и задач как будто сами получались верными. Поначалу она даже удивлялась, что у многих выходит иначе. Саша могла бы стать круглой отличницей. Но зачем? Ботаники есть в любом классе. Бимбы, мажоры и клоуны — тоже. Хулиганов вообще как грязи. А председатель совета дружины — один. Она стала председателем, затем комсоргом школы.

И когда в актовом зале объявляли: бла-бла-бла... предоставляется Александре Нестеровой, она — стремительная, лёгкая — взлетала на трибуну. Стрижка пикси-боб — порезаться можно, фартук с кружевами — ослепнуть. «Школьной форма» сшита на заказ в спецателье. Ах, приятный, головокружительный момент. Саша окидывала аудиторию дерзким взглядом. Сейчас все они — отличники, красавцы, фавориты и лузеры, мелкие дельцы, начинающие шлюхи и бандиты — все! — будут слушать заготовленную ею чепуху. Она была вне групп и категорий. Исключительная Александра Нестерова. Вот так.

Школьных активистов часто презирают, иногда не замечают, временами бьют. Саша была популярна. Она играла слишком хорошо. В образе элегантного комсорга чувствовался смутный подвох. Даже педагоги ощущали стилизацию на грани фарса. Саша особо не маскировалась. Усмехалась анекдотам про вождей на батарейках или чучело в машине. Могла и сама пошутить о здоровье, например, товарища Черненко. Который в шесть утра справляет малую нужду, в восемь — большую, а в десять — просыпается и встаёт с кровати.

Списать алгебру? Да на здоровье. Решить чужой вариант контрольной после своего? Легко. Но могла и отказать для профилактики. Чтобы не слишком привыкали. Не забывали чтобы два волшебных слова. Случалось, и одёжку модную давала поносить, но это уже близкому кругу, фрейлинам.

Импортные шмотки привозил отец из военных лагерей. Саша ездила с ним пару раз. Лето, нахальные взгляды курсантов, уроки стрельбы… Магазин для высших офицеров. Невзрачный, без витрины, а зайдёшь — пещера Монте-Кристо. Икра, пепси-кола, сервелат… Джинсы Levi's и Montana, батники Wrangler, кроссовки Adidas. Одуряющий запах мягкой кожи. Австрийские сапоги, курточки от Sergio Tacchini! Японская техника… И всё это на полках, за смешные деньги. Саша никогда от «фирмы» в обморок не падала. Но в этом магазине хотелось жить. Как минимум унести большую часть его с собой. «Выбери что-нибудь одно, — сказал папа, — нам лишняя рисовка и вопросы ни к чему. Ну, ты понимаешь…»

Саша выбрала двухкассетник Sharp. Понимала, не тупая: у отца вторая степень допуска. Поэтому и в школу — на автобусе, хотя дома есть машина.

— А что такое «вторая степень допуска»? — спросила она как-то.

— А, это… — папа усмехнулся, — это, как говорится, он слишком много знал. Раньше за границу нельзя было десять лет. А теперь — пожизненно.

— Почему?

— Потому что моя голова стоит очень дорого. И если меня там, допустим, похитят…

— Павел, что ты несёшь?! — возмутилась мама. — При ребёнке!

— Она взрослая, болтать не станет. Правда, Сашк?

— Болтать о чём?

— Вот. Нас и здесь неплохо кормят.

В девятом из пяти классов сделали два. Саша очутилась за партой с малознакомым балбесом Толиком Иньковым. Она не возражала, ей стало любопытно. Например, зачем Толик вообще остался в школе? Понять это так и не удалось. Сосед, впрочем, оказался небездарным человеком. Целыми уроками рисовал шаржи на классиков марксизма и словесности. Однажды, пользуясь сине-зелёной авторучкой, изобразил с натуры три рубля. Купюра вышла — хоть в магазин иди, только на обратной стороне чистая бумага. «Это тебе, — чуть напрягшись, сказал Толик, — типа сувенир. Хочешь на байке покататься? У меня „Ява“ шесть-три-восемь, если что».

«Ява» Саше понравилась. А Толик в роли ухажёра — не очень. Не её уровень. Высокий, симпатичный, да, и упакован неслабо: правильные лейблы там и сям. Но… простоват, как говорится, без затей. Хотя знать ему об этом пока не обязательно. В школе и байк-клубе она стала как бы девушкой Толика, что на время устроило обоих. Это напоминало гламурный брак по расчёту. Без постели, разумеется. Толик быстро просёк тему: обнялись-поцеловались-разбежались. А что он там друзьям говорил, и какие были сплетни — начихать. Главное — они классно смотрелись вместе — эффектно, интригующе. Почти официальное лицо школы и почти диссидент в заклёпанной косухе. И рядом сверкающий, как ёлочная игрушка, пафосно-вишнёвый мотоцикл.

Вот только место позади водителя Сашу напрягало. Девушек-пассажирок байкеры называли зажопницами или жопогрейками. Нет, она должна быть за штурвалом. Толик дал ей поводить, освоила легко, не ядерная физика. Месяц прессинга на родителей, и ей купили новенький «Чизет». «О, чиза, — сказал Толик, — знакомая железяка. Щас настроим, снимем всё лишнее, и выйдет классный чоппер».

Она стала единственной в городе девушкой-байкером. Гоняли в основном ночами, когда улицы пустые, человек по восемь-десять. Так веселее и можно навалять кому следует, если что. Отсутствие глушителей раздражало спящих граждан и бесило ДПСников. В лабиринте дворов и переулков ночные райдеры шутя уходили от гайцов.

Однако всё это: байк-клуб, Толик, комсомол — Саша воспринимала как пустячные хобби. Главной страстью её отрочества был лёд. Фигурное катание. На коньки её поставили в семь лет. Тренер, хмурая женщина с лицом арктической волчицы, попросила Сашу изогнуться так и эдак. Постоять на одной ноге, вытянув другую. Сесть на шпагат (почти удалось!). Прохлопать вслед за ней длинные, сложные ритмы.

— Фактура подходящая, — сказала она наконец, — но о медалях забудьте. Опоздали года на два. А так, для себя покататься — не вопрос, тренировки четыре раза в неделю. Расписание в офисе. Но удовольствие дорогое.

— Я в курсе, — холодно кивнула Сашина мама, — будем заниматься.

— Мам, а что такое фактура? — полюбопытствовала Саша на улице.

— Это… значит, что ты красивая. И гибкая. И всё у тебя получится.

— А почему о медалях забыть?

— Просто тётя немножко глупая. Вернее, не знает тебя пока.

Тренировалась Саша как ненормальная. И не четыре, а пять, иногда шесть дней в неделю. После школы — сразу на каток, и две тренировки с перерывом. В субботу — три. Плюс растяжка, хореография и ОФП. Не затем, чтобы уесть тренершу. Звали её по курьёзному совпадению Татьяна Михайловна Волчарская. Фразочку о медалях Саша, конечно, запомнила, но доказывать что-то кому-то? Обойдутся. Она просто знала, что станет лучшей, и ради этого готова пахать круглосуточно.

Хотя на самом деле «пахать» было для Саши нереальным кайфом. Круче, чем байк. Мотоцикл — штука быстрая, но тяжёлая. К земле тянет. А ей хотелось полёта, невесомости. Лёд стал её наркотиком.

Однажды сломала руку и даже не заметила. Отработала прыжок на резине — покрытие мягкое, сантиметров десять толщиной. И коньки без скольжения, понятно. Падай, сколько хочешь. А потом — на лёд. Упал, встал, повтор. Упал, встал, повтор. Дома видит — рука опухла. Рентген, перелом лучевой кости. Тугая повязка и опять на лёд.

Через год получила разряд «юный фигурист». Через два — Волчарская стала заниматься с ней индивидуально. Хвалила редко. Чаще критиковала, иногда орала. Саша огрызалась вслух и про себя. Но каталась уже лучше всех. И подлянки мелкие начались от «товарищей» по команде. То шарф завяжут на семь узлов. То у куртки вывернут рукав или в карман подложат яблочный огрызок. Коньки она всегда держала рядом, на виду. А то бы и с ними чего-нибудь учудили. Кое-кто из девчонок перестал здороваться.

«Запомни, — сказала однажды Волчарская, — фигурное катание — это большой гадюшник. На людях все обнимаются и целуются. А внутри завидуют и ненавидят. Особенно лидеров. Тебе это должно быть по фигу. Скандалов избегать, но жёстко. Себя в обиду не давать. И сразу забыла. Главное — цель, остального не существует. Хотя я, может, зря тебе всё это говорю. Ошиблась я в тебе. Характер тот ещё».

К пятнадцати годам она докаталась до кандидата в мастера. На областных соревнованиях была главной претенденткой на «золото». Будущее представлялось гладким, как свежий лёд. Чемпионаты страны, олимпийские медали, институт спорта, а там… Партийная либо тренерская карьера.

Но вышло по-другому.

Завтра соревнования — ехать на сборы. За день, как обычно, — финальный прогон. Все программы откатала по нескольку раз. Сумасшедшая нагрузка, шесть часов почти без отдыха. Устала как собака. Зал был на третьем этаже. И широкая, крутая, винтовая лестница — до первого. Эта лестница — последнее, что Саша отчётливо запомнила из того грёбаного дня. Потому что оступилась и долго летела кувырком, пока не тормознула головой об стену. Кое-как встала, умылась. Непонятным образом приехала домой. Дальше — темнота.

Дальше команда отбыла на сборы. А Саша — на полтора месяца в больницу. Перелом руки, ноги и черепно-мозговая травма. Именно этого боялись родители, когда она просила мотоцикл. А байк оказался ни при чём. Обычная лестница.

Первые дни были самыми лёгкими. Ей кололи что-то седативное или обезболивающее. Видимо, какую-то наркоту. Лекарства начисто стирали мысли о плохом. Дарили лёгкость, покой и блаженство. Цветные, чудесные сны без конца. Порой она видела себя извне, зависая над кроватью. Иногда не могла понять, грезит или нет. Приходили и уходили люди: врачи, родители, Толик… Волчарская, кажется, рассказывала о соревнованиях. Или она Саше приснилась? Саша говорила с ними и почти сразу забывала, о чём.

Затем кости начали срастаться. Боль превратилась в ноющий зуд. Сильные внутривенные препараты заменили бестолковыми таблетками. И сразу вернулись неприятные мысли. О том, что все планы сгинули к чёрту! Девять лет… Девять лет жизни свёрнуты в трубочку и засунуты коту под хвост. Большой спорт накрылся — это ясно. Не будет медалей, аплодисментов, интервью… Да что там спорт, хромой бы не остаться. Ей объяснили — такой вариант не исключён.

И ещё одна поганая идейка крутилась в голове, мешала спать. Мерещилось, что там, на лестнице кто-то её тихонько подтолкнул. Так легко и походя, как может только судьба. Людей сзади вроде не было. Она уходила с катка последней. Или нет? Или это карма действительно? Знак. Расплата за гордыню и снобизм. Но что и кому я сделала плохого?

Из больницы Саша вышла другим человеком. Обычной девчонкой, которая хотела жить, любить, пить, курить… Забыть о режиме и диетах. Лопать всё, что душа пожелает. Макароны по-флотски —

отварить сегодня же. Жареную картошку с грибами, в сметане. Нет, к чёрту грибы! Просто жареную картошку на сале, хрустящую. Мм… зверски соскучилась! Пирожки в любое время дня, а не три раза в год после соревнований. Переспать с Толиком, наконец. В общем, попробовать быть как все.

* * *

С Толиком она переспала. Но до того случилась любовь с Аркадием, инструктором райкома ВЛКСМ. Последний школьный год Саша усердно занималась будущей карьерой. Старалась почаще бывать в райкоме. Светилась перед нужными людьми. Аркадий Луценко был из комсомольских вожаков новейшего призыва. Деловые физиономии, глянцевые ухмылки, только бизнес и ничего личного. Тогда уже появились «молодёжные центры по организации свободного времени юношества». И уже сообразительное юношество влезло на долевых началах в госпредприятия и кооперативы. Быстренько организовало себе договорные цены, налоговые и таможенные льготы. И гребло бабло по способностям. Человек пять намекали Саше на аккуратный интим. Выбрала Аркадия — он меньше других походил на свинью у кормушки. То есть был симпатичен, весел и относительно щедр.

Закончив школу, она легко поступила в институт советской торговли. Предварительно новый бойфренд устроил звонок кому следует. Товарищи из институтского парткома встретили Сашу как родную. Говорили о кандидатстве в партию. Упомянули вскользь, что свои люди идут у нас отдельной дорогой. Ей хватило семестра, чтобы понять все тонкости образования левых денег. На сахаре с водой. На дефиците. На замороженных товарах: мясе, рыбе… Кафетерий — золотое дно. На одном мороженом люди за год делали новую тачку. Саша поучаствовала в некоторых темах, но копеечно. Привезти-занести, сосчитать чужие бабки. Не её уровень, ладно хоть связями маленько обросла.

На третьем курсе Саша ушла в заочники. Дневная учёба отвлекала. Её устроили в гастроном заведующей бакалейной секцией. Так что лысые полки конца восьмидесятых она наблюдала исключительно с обратной стороны. Передвигаться по городу стала на такси. Через день ужинала в ресторанах. Появились свои официанты, маникюрша, визажист. Впереди — должность завторга, машина и чуть позже квартира. В двадцать с небольшим!

Но впереди ждала засада. Пришёл новый, молодой директор, сынок кого-то наверху. И весело заявил ей, что отрабатывать грядущие блага придётся на столе. Можно прямо сейчас. От растерянности Саша показала боссу фак. Ещё на словах прибавила для ясности. И вылетела из торговли навсегда. «Зря, — сказал Аркадий, — можно было договориться, найти варианты. Ладно, ничего, с трудоустройством мы решим. Есть одно непыльное местечко».

Непыльным местечком оказалось кабельное телевидение. Сашу взяли бухгалтером. Работали с трёх допоздна. Иногда приходилось обходить задолжников, собирать деньги. Обычно видеокассета ставилась в аппарат, и микрорайон наслаждался «Греческой смоковницей» или концертом «Битлз». А сотрудники под это дело выпивали, закусывали, играли в преферанс. Отчётность была смешная, работа не утомляла. Через год Саша заскучала по яркой жизни и большим деньгам.

Пообщалась с людьми. Познакомилась с человеком, который гонял машины из Тольятти. Звали коммерса Виталик. Он как раз искал специалиста по косметической бухгалтерии. Схема простая. Закупаются якобы некондиционные «Жигули». Дорогой им что-то подвинчивают и на месте толкают задорого. На случай проверки в бумагах должна быть аптека — это Сашины дела. Зарплата — сказка. Бонус — новая машина через год. Бонуса она не дождалась, застрелили Виталика менты. Взяли за ресторанную драку, увезли. А оттуда уже вынесли с лишней дыркой в голове. Что там случилось, бог его знает. Был слух, менты хотели долю, а Виталик отказал.

Решила действовать сама. И начались серьёзные проекты: компьютеры, авизы, обналичка. Но сперва открыли с Аркашей ТОО. Он — соучредитель с двумя процентами. Остальное Сашино. Уставной капитал — пять тысяч. Юрист оформил бумаги, а что дальше? Правильно, деньги. С первым кредитом намаялись. Постучали в один банк, в другой — ничего. Зачем, почему, куча вопросов — и отказ. Аркаша включил райкомовские связи — бесполезно. Комсомол уже загнулся, а без льгот от государства там мало кто не скис — халява расслабляет. Помог двоюродный брат. У него с Афгана остались друзья в Москве, фонд бывших интернационалистов. Позвонили — дали. И понеслось.

Начали по мелочи: икра, лосось, форель. Потом недвижимость, расселение коммуналок, шинный завод. Добавилась компьютерная тема. Бюджетники вовсю обзаводились новой техникой. Саша была посредником между их фондами и дешёвым товаром. Разница — двадцать процентов, треть — ей, остальное — в карманы госслужащих. Нашла концы Виталика в Тольятти, снова двинулись оттуда «Жигули». Сама уже водила «Опель». С авизами схема известная: взяли в одном банке, едем в другой, получаем наличку, а безнал синхронно отменяем. Трижды прокрутили и отбой. Как верно заметил классик: сумей аккуратно сделать, не психуй, не жадничай, не будь идиотом. Саша не была. Чувствовала рынок, как некогда — лёд. Обе бухгалтерии по всем проектам легко держала в голове.

Проблемы навалились, откуда не ждала. Внезапно от инфаркта умер папа. Мама потеряла работу.

Отношения с ней, и без того прохладные, совсем заледенели. Жить на деньги Саши казалось матери неправильным. И сами эти деньги... Зачем их столько? Какая, собственно, у дочери профессия? Коммерсантка? Бизнесвумен? И этот образ жизни: распутство, кабаки... Забыла ведь, когда ночевала дома. Забежит, оставит пачку, не считая, и — фью-ить! — умчалась по своим махинациям.

Одновременно нагадил Аркаша, выбрал же момент, кобель. Чего ему, спросите, не хватало? Любовницы, ага. И вот пока Саша бегала-решала-зарабатывала, дружок «чинил машину в гараже». Саша гнала подозрения, да и некогда было вникать. Потом застала их с какой-то девкой. Сцена «это не то, что ты подумала». Смазала ему разок по фейсу и тёлке этой дважды. Выслушала лепет, простила — бизнес требовал, но ключ отдала.

Затем арендовала «двушку» в центре под спальню и офис. Вызвонила Толика поплакаться. Бывший одноклассник в эти годы приподнялся. Держал с приятелем байк-шоп и автомастерскую. Жил с танцоркой варьете (или певицей, а может, стриптизёршей, у них там широкий профиль). Но к Саше устремился без вопросов и что надо захватил. Вино, коньяк, цветы, деликатесы.

— Хочешь, проведу с ним воспитательную работу? — сказал об Аркадии.

— Не, пусть живёт. Он мне нужен пока.

В общем, осчастливила Толика, а сама немного потерялась. После шестилетнего знакомства, дружбы. Всё равно как с братом переспать. Однако ничего, привыкла. И началась почти семейная идиллия. Утренний кофе, поцелуи наспех. Вечером — кино, ресторан и даже чай у телевизора. Романтические выезды на Плещеево озеро. Однажды ехали по трассе через мост, и вдруг передние колёса отвалились. Вернее, отскочили в стороны, напомнив фильм «Большие гонки». «Опель» — мордой об асфальт, искры, гарь... Это только в кино смотрится забавно. Вылезли белые, потные, конечности трясутся, но, слава богу, целые. И колёса не задели никого.

Главный вопрос был: кто? По бизнесу у обоих ровно. У Толика железная байкерская крыша. Сашу на тему поделиться вообще не беспокоили. Менты, чиновники, братва существовали как бы параллельно. Это хорошо, но и тревожно: с чего такая благодать? Недавно ей шепнули, мол, прошёл слух, что она — дочь генерала ФСБ. Лучше не трогать, мало ли... Допустим. Но кто тогда подсуетился с гаечным ключом? Завистники-соседи? Аркадий? Ему-то какой резон? Так и не узнали. Арендовали гараж, повесили стальную дверь в квартиру. Толик отремонтировал машину и проверял каждый день.

До января всё было тутти-фрутти. Бизнес цвёл. Толя подарил кольцо и шубу. А также отдых на Канарах и мобильник, стоивший и весивший, как парабеллум. В сумочку не помещался, но в бардачок машины — самый раз. Невезучий «Опель» заменили «Мерседесом». В планах — свадьба, новая жилплощадь и открытие ресторана. Нет, в другом порядке: жилплощадь, ресторан, и в нём гуляем свадьбу. Уже приметили квартиру в новом доме — сто метров, окна на Волгу, гараж, евроремонт. Хозяин спешно отбывал на Альбион и уступил по-божески. Не квартира, мечта! Саша мысленно там поселилась и занялась дизайном. Свободных денег, правда, не хватало, тридцать штук. Вынимать из дела неохота. Договор с отсрочкой платежа? Тогда нужна простая одноразовая сделка.

В мышеловке тоже всё просто и быстро, да. Но. Но... И тут как раз Аркадий подкинул вариант.

— Один приятель срочно ищет деньги. На пару месяцев. Процент — пятнашка в месяц. И вперёд.

— Сколько?

— Двести. Штук баксов.

— Ого. То есть мы даём сто сорок, получаем двести. Что за приятель?

— Данильченко. Бывший второй секретарь, ты его не знаешь.

— А чего его знать? — усмехнулась Саша. — И так ясно, мошенник. У вас там честных не держали. Чем по жизни занимается? Почему не идёт в банк?

— Лекарствами.

— Наркотой?

— Упаси бог. Да нам какая разница?

— Большая. А если он нас кинет? Или его кинут?

— Вряд ли, давно его знаю. Умный, как мавродий.

— Это меня и беспокоит. Ладно, юристы посмотрят. Если впишемся, сколько инвестируешь?

— Десятку. Максимум пятнадцать. Ты?

— Ну… скажем… двадцать пять. Итого сорок.

— Я знаю, где быстро взять сто штук. Семь процентов в месяц.

— Восемь. Но они тебе не дадут.

— Если ты позвонишь, дадут. Под мою гарантию.

В голове у Саши заработал калькулятор. Шестьдесят минус два по восемь. Общий плюс — сорок четыре. Ей — не меньше тридцати. Доля Аркадия от первых сорока — тридцать семь и полпроцента. С них мы имеем двенадцать штук. Ему — четыре с половиной. В остатке тридцать девять с половиной. Интересно, сколько вообще он хочет?

— Сколько всего ты хочешь?

— Всего? Двадцать.

— Не треснет?

— Саш, моя идея. И я башкой рискую.

— А я — репутацией, что намного ценнее. Десять.

— Пятнадцать.

— Тринадцать.

— Несчастливое число. Четырнадцать, и я звоню.

— Звони.

Толика решила не грузить, сказала просто: «Деньги будут в марте». Лучший способ развалить семью и бизнес — это мешать одно с другим. Однажды только вышел разговор.

— Саш, если надо помочь, ты не молчи, — потребовал бойфренд, — а то я тебя знаю. Хорошо?

Саша кивнула.

— И ещё. Нужна кодовая фраза для экстренного случая. Когда полный трындец и вилы. И сказать в открытую нельзя.

— Картошка с грибами.

— Что?

— Кодовая фраза. Картошка с грибами.

— Почему картошка?

— Чтобы никто не догадался.

Должник исчез в начале марта. Саша в энергичных выражениях объяснила Аркадию, кто виноват и что делать. «Найдём», — вздохнул партнёр. А через день и сам пропал. Обзвонила кого можно и нельзя, включая его баб. Результат нулевой. Только мать бессвязным шёпотом ответила, мол, срочно вылетел куда-то по делам. На Урал или в Сибирь, толком не сказал, и когда будет, неизвестно. (Сука, тварь дрожащая!) Ищут его многие по телефону и так. Заходили два мордоворота, говорили, большой долг на Аркаше. И, если не отыщут, заберут квартиру — по-хорошему либо с утюгом. Отец в предынфарктном состоянии. Помогите как-нибудь, Сашенька, чтобы они нас больше не терзали.

Эх, самой бы кто помог.

Звонки от кредиторов сперва звучали вежливо. «Будьте добры, передайте господину Луценко, чтобы он немедленно связался...» Затем голоса изменились. «Ты, чмошница, завтра не вернёшь деньги, обольём кислотой. Адрес твой есть. Жди!» Во дворе обосновалась незнакомая «Тойота» с дымчатыми стёклами. Настало время признаваться Толе.

— ИСТ-банк это плохо, — Толик поморщился, — Тарханова крышуют бывшие менты, а они хуже бандитов. Ничего, разрулим как-нибудь. Пообщаюсь с одним фиксером. Главное, подписи твоей нет... А ты сиди дома. У окон не светись, — он встал, задёрнул шторы, — дверь не открывай, трубку не бери, автоответчик запишет, а мы послушаем. Только мне звони — раз в час.

— А дела, встречи?

— Отмени, перенеси. Придумай что-нибудь. Двоюродная тётя выходит замуж. Дедушка скончался где-нибудь... в Австралии. Лучше тебе вообще уехать.

— Это ты меня с кем-то перепутал.

— Саш, давай без героизма, а?

Какой там героизм. Сидела и тряслась, как мышь в подполье. Кофе, бренди, сигареты. Телевизор раздражал, чтение не шло. Телефон не отключала: лучше знать, что происходит. Перезванивать и врать не было сил.

— Саш, это Виктор. Где тебя черти носят? Срочно перезвони!

— Завтра в одиннадцать чтобы ты стояла у нашего офиса…

— Саша! Я четыре сообщения оставил! Похоже, мы в глубокой жопе…

— Солнце моё, я затрахалась тебя вычислять. Найдёшь меня сама…

— Саша, ты вменяема? Где товар? Все сроки, блин, прошли! Выйди на связь…

И вдруг спокойный баритон, почти что ласковый:

— Александра Павловна, здравствуйте. Игорь Тарханов беспокоит. Если вы меня слышите, возьмите трубочку, пожалуйста… кхм-кхм… ну, жаль. Зря вы от нас скрываетесь. Мы вам не желаем зла. Напротив, ваше благополучие строго в наших интересах. Цивилизованные люди всегда могут договориться. Сделаем так. Подъезжайте в филиал на Рыбинской сегодня до обеда. Лучше прямо сейчас. Наш консультант, Женя, объяснит, что можно сделать в плане реструктуризации…

Она сняла трубку.

— Здравствуйте, Игорь мм…

— Сергеевич. Славно, что вы отозвались, правильное решение.

— Что вы имеете в виду под реструктуризацией?

— Отсрочка, рассрочка и так далее. Вы же не первый год в теме.

— Я приеду. Какой номер дома?

Мигом оделась, набрала Толика. Оставьте сообщение... чёрт!

— Толь, классная новость! Твои контакты заработали. Мне звонил Тарханов — лично, прикинь! Хочет договориться. Я сейчас еду к ним, буду требовать отсрочку, пока не вычислим этих козлов. Потом сразу отзвонюсь. Ну всё, убегаю, целую, пока!

За долгие часы в подвале она исследует ошибки этого утра. Развели, как малолетку. Ну с какого перепугу владелец банка, даже небольшого, станет звонить рядовому клиенту? Почему не главный офис, а неясный филиал? Почему не дозвонилась Толику? Не оставила хотя бы адрес, идиотка?! И здание должно было её насторожить. Задвинутое вглубь квартала, похожее на бывший детский сад. Никаких признаков банка ИСТ. Хотя другие вывески там были. Охранное агентство «Цитадель», кажется, или «Бастион». Юридическая фирма «Confidence»... Юридическая фирма усыпила осторожность.

Мозги включились только на лестнице. Когда провожатый, офисный мальчик при галстуке, указал направление вниз.

— Сюда, пожалуйста.

И откуда-то сбоку возник другой — в чёрной униформе, на поясе гаджеты. Нелепо укорочённый пистолет в кобуре. Обернулась, рука нырнула в сумочку за газовым баллоном.

— Извините. Мне сначала надо в туалет.

Чёрный успел, тренированный, гад. Вывернул руку, аж хрустнуло, боль ударила током.

— Ай!

Отпустил слегка.

— Спускайся, живо! Дёрнешься — сломаю.

В подвале — душный, складской запах картона. Ящики, коробки, трубы с изоляцией и без. К одной Сашу умело пристегнули. Рядом — пластиковое ведро и бутылка Evian. Готовились. Или у них это рабочий комплект?

— Посидишь тут до завтра. Подумаешь, — сказал офисный планктон. — Утром дадим тебе сделать звонок. Сто штук и пятьдесят за хлопоты.

— Ребят, ну что вы творите?! — всхлипнула Саша. И вмиг оборвала плаксивый тон. — Я сейчас могу решить! Отпишу вам фирму, имущество…

— Сто пятьдесят штук налом, — юноша потянулся к выключателю.

— Свет хоть оставьте, уроды! — крикнула в отчаянии. — Позвоните Тарханову! Я с ним договорилась…

— Угум. А я — с Анжелиной Джоли.

Темнота. Главное, чтобы не было крыс. Зажигалка в сумочке. А сумочка где? Швырнули куда-то, не дотянуться. И сигареты там же, чёрт! Мать их!!

Не психовать. Думать позитивно. Живая — это раз. Более-менее тепло, плюс шуба — два. Бутылка... вот она. Воду экономить — четыре. А вдруг там отрава? А смысл? Рука болит, но терпимо, вот же сука мордатая... Позитив. Конструктив. Злоба, паника — всё мимо. Реветь — потом, сейчас — думать. Кто они? И кто санкционировал? Нет, вряд ли. Это шестёрки, им сказали вытянуть бабло, они действуют, как могут. Значит, мучить и насиловать не будут. Не факт. Ох, не факт... Что завтра сказать Толе? Адрес, так. Кодовая фраза. Сколько их. Деньги. Ещё раз: адрес — кодовая фраза — сколько их — деньги. Толик вытащит, главное эмоции отключить. С ума там сходит, бедный... Как она могла ему не дозвониться?! Обрадовалась, дура. Выбраться отсюда и бросить всё к чертям. Выбраться. Виталик тоже думал позитивно, а его закопали... Спокойно. Спокойно. Живая — это раз. Курить хочется, сил нет...

Бывают ночи, похожие на вечность.

Голоса, щелчок замка, и свет ударил по глазам. Те же — костюм и униформа.

— Ну что, берём помощь друга? Кому будем звонить?

— Мужу. Гражданскому.

— Кто у нас муж?

— Бизнесмен.

— Конкретнее.

— Магазин держит. «Байкс энд Битс» на Московском проспекте.

— Окей, вперёд, — юноша протянул мобильник, — учти, мы на громкой связи.

— Толь, это я...

— Саша?! Ты где?

— На Рыбинской двадцать «а», в заложниках. Я тебе картошечки нажарила с грибами. В холодильнике. Нашёл?

— Какие ещё грибы?! А! Нашёл. Что от тебя хотят?

— Какие, блядь, грибы? — тявкнул костюм. — Дай сюда трубку!

— Полтораста штук. Аркашин косяк и...

— Сколько их?

— Двое...

Юноша вырвал телефон, отключил громкость.

— Ты всё слышал? Ну да, ага, уже боюсь... Короче, вези наличку, у тебя два часа... Ладно, три. Придёшь один, на входе спросишь Женю. И без фокусов, Толя, понял? У нас полно охраны и рамочка стоит. И мы знаем, кто ты есть. К ментам или крыше своей лучше не ходи. У нас везде друзья. Нам бабки, вам расписку, забираешь свою тёлку и гудбай... Да понял я, остынь.

— Может трахнем её, пока он едет? — сказал охранник. Громко сказал, чтобы Толя услышал.

— Время покажет. Мы ждём, бизнесмен.

Сцена третья. Те же плюс Анатолий Иньков.

— Привет, ты как? — спросил Толик.

— Как в Австралии, — ответила Саша, — давай уже валить отсюда.

— Деньги принёс? Выкладывай, — офисный мальчик Женя указал на коробку с логотипом Samsung, — только медленно.

— Сначала отстегни её.

— Нет. Сначала деньги.

Охранник в чёрном встал у Толи за спиной. Ладонь на кобуре. Толик оглянулся.

— Уйди оттуда. А то я нервничаю.

— Потерпишь.

Взззык — расстегнулась молния на сумке. Последовал мягкий шелест целлофана.

— Считать будешь?

— А то.

— Э! Да у вас тут крысы! — испуганно вскрикнул Толик. — Вон, смотри, побежала!

И тут же — резкое движение с поворотом. Воздух что-то рассекло. Мерзкий, хрюкающий звук, стон. Чёрный неуверенно попятился, закрыв лицо руками. Саша увидела кровь.

— Трахнуть хотел? На!!

Толик что есть силы пнул охранника по яйцам. Болезненный вопль. Парень, согнувшись, заваливался на бок. Толик рывком вынул пистолет из кобуры.

— Стоять! От двери шаг назад! Освободил её, бегом!

Женя быстро сделал шаг назад. В глазах его скакало удивление. Роли поменялись слишком быстро.

— Аэ-т... Ключ у него.

— Так достань! Отстёгивай. Саш, иди ко мне... Ключ сюда бросил. Теперь его волоки! К трубе, дебил!

— Я не смогу.

— Женя, — мечтательно сказал Толик, — знаешь, что бывает, если из травмата попасть в колено? Мне очень интересно, а тебе?

— Нет! Сейчас...

Женя схватил напарника за кисть, потянул. Показалось окровавленное лицо.

— Я сам... — охранник с трудом поднялся, доковылял к трубе, медленно сел, — Жень... ох, сука, больно... позвони в скорую. Он мне нос сломал.

— Потерпишь, — сказал Толик, — мобилы бросайте сюда. И рацию. Цепочку за трубу и оба пристегнулись. Молодцы. Что они тебе сделали?

— Я в порядке, — Саша ощупала локоть, плечо, — побыстрее не мог?

— Это типа спасибо?

— Спасибо. Чем ты ему вмазал?

— Ха! Массажёром для спины. Не забыть его... а, вот! — Толик поднял ленточный массажёр с тяжёлыми деревянными колёсиками. — Хотел цепь взять, но этот вовремя предупредил. Надо сваливать. Где твоя сумочка? Платок есть?

Толик обтёр рукоять пистолета, швырнул его за ящики.

— Значится так, граждане бандиты. То, что вы сделали, называется похищение человека. Очень нехорошая статья. Беспредел по любым законам. Наш телефонный разговор я, кстати, записал. Но мы готовы это всё забыть. Соответственно вы забываете Александру Павловну и её родственников. Тем более, она сегодня улетает за границу. Я выкупаю долг Луценко, с реструктуризацией, естественно. Все переговоры через адвокатов. И давайте разойдёмся тихо. Крышу мою беспокоить не стоит: их потом хрен остановишь — байкеры, зверьё реальное. Оно вам надо? Всё, отдыхайте, пацаны.

— За какую границу я улетаю? — нервно усмехнулась Саша в машине.

— Без шуток. Тебе есть куда уехать? Месяца на... два-три... пять?

— А ты? А бизнес, квартира и...

— Саша, очнись! Мы не знаем, что у этих тварей в головах. Ты мне нужна здоровая и целая. Это главное, остальное — моя забота. Без тебя мне здесь спокойней разрулить. Устаканится — вернёшься.

— Подруга есть в Самаре. Восемь лет за одной партой сидели. В гости звала.

— Звони ей.

* * *

Подруге Ане Саша рассказала о хронической усталости, неврозе и желании сменить обстановку.

Отчасти это было правдой. Наобнимались, наговорились. Открыли бутылочку, вспомнили школу, перелистали фотоальбом... Вечером приехала Анина семья: муж-риэлтор, дочь. Ужинали в зале.

— Вы надолго в Самару? — осведомился муж, Геннадий.

— Месяца на три.

— Чем думаете заняться?

— Не знаю, — честно ответила Саша. И, поймав озадаченный взгляд, соврала, — финансами, наверное.

— Ген, ну что ты докопался к человеку.

— Нет, я в смысле... Если квартиру снять... Есть хорошие варианты.

Сняла однушку на Ленинском проспекте. «Не усталую», — как выразился Гена. Приличная мебель, телевизор, домофон. Денег хватит где-то на полгода. Рядом остановка двадцатого трамвая, на линии — самарские красоты. Площадь Куйбышева, драмтеатр, цирк... В цирк сходить, что ли? Широкие лестницы спускаются к загипсованной в лёд туманной Волге. Старый город, улица Ленинградская, витрины, рестораны. Зайти в универмаг погреться? В трамвае жёсткие холодные сиденья. В белом ворсе замёрзших стёкол продышены окошки. Сто лет не ездила в трамваях. И книг не читала примерно столько же. Возле книжных развальчиков людно. Народ берёт Маринину, Чейза, Кинга, Тополя. Пистолеты, кровь на обложках... Нет, плохая идея. Своя жизнь как триллер. Просто лечиться толпой, новым городом, чужой обыкновенностью. Бродить до ломоты в ногах, вернуться и упасть. Избежать ещё одной бессонной ночи. Спалось ей худо всё равно. А если засыпала — мучили кошмары: подвал, бандиты, крысы...

Толик успокаивал её по телефону. Сказал, что банк сквозь зубы дал отсрочку. Что Аркадия нашли в глухом селе, доставили на место, возбудили дело. «Мавродий» пока бегает, но осталось ему чуть. ТОО, возможно, объявят банкротом, ничего страшного, всё под контролем. Сиди на попе ровно ещё месяц или два.

Иногда забегала Аня. Попивали амаретку, реже ехали куда-нибудь встряхнуться. Саша — в основном ради подруги. К ресторанам она напрочь потеряла интерес. Как-то Аня появилась возбуждённая.

— Сенсация! Знаешь, кто под тобой живёт?

— Панки какие-то. Каждый вечер музыка и ор.

— Ошибаетесь, девушка. Там живёт Артём Самарцев. Я сейчас его увидела в подъезде, думала галлюцинация, и он...

— А кто это?

— У! Наша городская знаменитость. Местный типа Александр Новиков. Музыкант, поэт, звезда шансона. И вообще красавец, сама увидишь! Я реально обалдела! Короче, собирайся, полная боеготовность. Он пригласил нас в гости!

— Погоди, ты вроде как бы замужем.

— Муж не стенка, подвинем. Они альбом недавно записали, на всех тусовнях крутят. И в такси через одно. Мальчики и девочки, соседи и друзья, — Аня сымитировала гнусавый конферанс, — для вас исполняют свои песни Артём Самарцев и команда «Волга-арт»! Давай, наряжайся мухой. Я как раз ликёрчик захватила… Раздали по кассете всем таксистам. Такой маркетинговый ход, прикинь, клиенты слушают, народ интересуется. По кабакам ещё играют, где покруче. В «Центральном», в «Жигулях»… Ну, ты готова наконец?

Спустились, надавили кнопку. В квартире булькнул звонок, музыка стихла. Открылась неухоженная дверь… Высокий, светловолосый юноша был оскорбительно красив. Молодой Крис Норман или его двойник. Те же почти ангельские черты, стрижка «длинный каскад», элегантные скулы. Улыбка одновременно покоряющая, детская, стеснительная, чёрт знает вообще какая. Выцветшие джинсы, батник навыпуск. На тонких запястьях — фенечки. На шее — медальон.

Долгое время фронтмен группы Smokie был её идеалом мужского шарма. Недостижимым, разумеется, как всякий идеал. Затем отредактированным жизнью, как вирши юной поэтессы садистами в ЛИТО. Мы все влюблялись понемногу. Вздыхали над портретом Брэда Питта. Беседовали ночью с Майклом Дугласом. А замуж выскочим за Толика Инькова. Много ли волшебных принцев скачут по земле? С таким же успехом они могли бы скакать по Луне. Но ведь бывают чудеса… Пусть где-нибудь, не с нами. Бывает, принца занесёт к трактирной стойке. Или принцессу, например, — на скотный двор…

«Крис» одарил их нетрезвой улыбкой. Зафиксировал взгляд на Саше. И вдруг меланхолично произнёс: «Так это вы живёте сверху, незнакомка? И мы тревожим серенадами ваш сон… Отныне буду петь для вас… не слишком громко. Иначе — горе мне! Синдром, похмелье, ломка… Артём Самарцев — наихудший из персон». И театрально склонил голову. Тут Сашу посетило несколько догадок. Я произвела впечатление. Он стесняется, что ему непривычно. И дикая, неведомо откуда влетевшая мысль: скоро я буду женой этого красавца. Только надо его малость подкормить.

Вечер запомнился Саше фрагментами. Не потому, что от волнения, слегка перебрала. Последняя идея как-то выбила её из равновесия. Уж замуж невтерпёж… — досадливо крутилось в голове. Чушь, бред. Смазливый шалопай, богема, девчонки явно виснут, как мартышки. Оно мне точно надо?

От сигаретного дыма комната покачивалась, будто трюм. Внутри нашлись ещё двое ребят плюс тесный мир бутылок и стаканов. Минус закуска и кислород. Открыли форточку пошире, реанимировали стол. Подняли — за нечаянную встречу. И сразу — встали — за присутствующих дам. И, не садясь, — за каждую в отдельности. Закусили непонятно чем. Щёлкнули зажигалки. Беседа понемногу распустилась. Зацепились имена, примелькались лица, всем стало хорошо. Заговорили о музыке. Родился тост «за настоящих музыкантов».

— А кто такие настоящие? — спросила Аня.

— Настоящий — значит честный, — ответил кто-то из парней, — ему под фанеру и выключенные инструменты понты колотить стыдно. Лучше уж под минус петь, но с душой.

— Настоящих почти не осталось. Одни, бля, караокеры!

— Антон, здесь девушки вообще-то.

— Я им и объясняю. Эпоха профи кончилась, девчонки. Компьютеры убили живой звук. Сначала — музыкантов, потом — аудиторию. Сейчас всем по фигу — живьё или фанера. Лишь бы побыстрее да погромче. Им надо жрать и прыгать, а не мозги включать и слушать.

— Точно. Чувствуешь себя, как проститутка на шесте среди жующего пьяного быдла...

— По мне так лучше раз в неделю — банкет за хорошую ставку, чем каждый день на их рожи глазеть.

— Давай, — за банкеты и свадьбы! За нормальный бабос!

— Нет, — сказал Артём, — хватит. Не желаю больше петь всякую хрень. Я лучше на озвучке поработаю. А известность среди полоумных самок мне не нужна.

Ой ли, — подумала Саша. И сказала:

— А для меня споёшь?

— По заказу — нет.

— Жаль. Я как раз хотела Smokie попросить. Слабо?

— Мне? Да я Блэкмора снимаю в ноль!

— Ладно, забудь.

— Лёх, выключи музыку.

Артём нежно вынул из стойки полуакустическую гитару. «Takamine», — прочла Саша над колками. Инструмент поймал свет люстры, блеснул тёмно-красным. Как Толина «Ява», — подумалось некстати. Несколько аккордов, затем что-то вроде гаммы. Виртуозное скольжение пальцев... Гитара отзывалась, будто ласковая кошка. Незаметно появился медиатор. И вот уже знакомое вступление, концертный, чистый звук и хрипловатый тенор, обожаемый фанатами глэм-рока.

Breathless drive on a downtown street,
Motorbike ride in the mid-day heat.
Dust that hung from the desert skies —
Run though we'd run,
It still burned our eyes...

Играл он, как дышал, напомнил Саше её отрочество, лёд… Она каталась так же. И попадание в голос было абсолютное. Отодвигающее время и реальность. И Толика, и уж Аркадия подавно. Нет, я хочу эту игрушку, а там… как бог даст.

Артём оборвал песню.

— Извини. Достало петь чужое, — он взял недопитую рюмку, глотнул, — экх… Надо свою тему делать.

— Сделали раз, а толку? — откликнулся Антон.

— Придумать нестандартный ход…

— Умереть красиво.

— Или сесть в тюрьму, — добавил Лёха.

— Типун вам на язык! Свалить, как Вилли Токарев, — сказал Артём. — Смотри: чувак уехал вовремя, окучил тему. И вернулся к стадионам. А что он пел? Пустые стилизации. У нас в разы сильнее материал. Вот зацени, — он повернулся к Саше, — недавно сочинил.

Гитара снова ожила. Мелодия слегка напоминала бардовские экзерсисы Макаревича. Но текст был совершенно не похож.

Если данный момент — в числителе,
А прошедшие — в знаменателе,
Значит, всё, что мы знали-видели,
Позабыть бы к едрене матери.
Чтобы дни не летели, как Евростар,

А напомнили пазлы и буквари,
Чтобы мир непонятным и мягким стал,
И тянулся бы год, как три.
Или дня текущего тесный кадр
Растянуть картинкой на весь экран?
Но ушли и лайнер, и Евростар,
И тяжёл, как якорь, пустой карман…

И тяжёл, как якорь, пустой карман, — мысленно повторила Саша. А ведь правда хорошо. Дамся проводить до квартиры. И один короткий поцелуй. Ладно, длинный… С Толиком будет очень неприятный разговор. И с матерью… Да гори оно! Саша уже не трепыхалась — её человек, ясно. И какое-то совместное будущее им предстоит. А это оказался билет в эмиграцию. В новую, иную, третью жизнь.

* * *

Итак, ребёнок без участия мужа: варианты. Можно попросту сбегать налево. Охмурить самца, похожего на Тёму. Выбрать заведение поприличней на Кингс-Кросс, и — в номера. Нет, опасно: ещё подцепишь что-нибудь. Результат не гарантирован. И наследственность, хм… А главное — пакостно. Тёма — далеко не ангел, однако в смысле кобелизма безупречен. Умная жена всегда знает, особенно при таких соблазнах. Девчонки до сих пор глазеют, задолбали. Кассирши в супермаркетах улыбки примеряют. И взгляды у них делаются: только свистни. А для Тёмы их не существует. Нельзя так.

Или — то же самое за деньги. Договориться с кем-то... С кем? Ещё гнуснее. Остаётся медицина, ребёнок из пробирки. Саша обзвонила несколько клиник. Цены кусались, придётся брать заём. Бухгалтерией в доме заведовала она. Потихоньку расплатиться, чтобы Тёма не узнал. Решаемо.

Записалась на приём, взяла отгул. За день прошла всю канитель: анализы, опросники, беседу. Зачем? Подумайте. А может... Не может. Значит, подбираем донора. Европейская, от ста семидесяти пяти, не более восьмидесяти, голубые или серые, прямой, светло-русый. Зодиакальный знак? Любой. Айкью? Повыше бы. Сильно уменьшает выбор, но как знаете. Размер обуви? Это шутка? Любой. Без вредных, разумеется, у нас тут строго. В космонавты легче попасть.

Запрашиваем базу данных. Так... Двенадцать человек. Пять австралийцев, три новозеландца, украинец, двое русских и еврей. А фото посмотреть нельзя? Только детские. И знаете, миссис Нест, выбирайте похожего на себя. Это увеличивает шансы на сходство ребёнка с вами. Если искать донора, похожего на мужа, то ребёнок может быть вообще ни на кого не похож. Мальчишеские лица на экране. Одно смутно напомнило ей... Толика Инькова. Нет, чепуха, мелодрама какая-то. Предпоследний ребёнок вполне мог сойти за её брата. Или сына. Вот этот, — решила Саша. Донор оказался русским.

Когда поняла, что задержка, сделала тест. Спокойно. Ещё один. Две полоски упорствовали. И внизу живота стало тянуть. Побежала на УЗИ. Беременность — пять недель, и всё там хорошо! Пора осчастливить Тёму.

Конечно, Саша не надеялась, что муж запрыгает от радости. Однако и того, что вышло, не ждала. Артём молча отодвинул тарелку. Одним глотком допил коньяк. Покрутил рюмку на столе. И тихо произнёс:

— Шлюха.

И, покачав головой, добавил:

— Проститутка, дрянь.

— Что?? — обалдела Саша. Хотя догадка замаячила уже.

— От кого ребёнок?

— От тебя, конечно. От кого ещё?

— Тебе лучше знать. Или ты нескольким дала?

Саша с разворота влепила ему пощёчину. Замахнулась ещё, но муж перехватил руку. Брезгливо оттолкнул.

— Не трогай меня! Грязная шалава. Кто у тебя есть? Хотя… какая теперь разница.

— Никого, придурок! Никого. У меня. Нет.

— Врёшь. Врёшь и сама это знаешь.

— Почему — вру?

— Потому! Я не могу иметь детей. Ты поняла? Я не могу иметь детей! Совсем. Исключено.

— Но ты же говорил, что… Ты сам мне врал, подонок! Так? Зачем ты мне врал?

— Зачем? — Тёма едко, с болью усмехнулся. — За этим самым. Чтоб ты не принесла мне левого ребёнка. Типа он мой, да? А я-то идиот слепой... Поверить не могу. И давно ты мне приделала рога?

Саша метнулась к шкафу. Швырнула ему бумаги из клиники, счета.

— На, читай! Никого у меня нет!

Тёма через силу пролистал.

— И что? Это ещё хуже. В тебя засунули сперму какого-то... б... чужого мужика. Бог знает кого! О, факинг шит... — он застонал, прикрыв глаза ладонью. — Мне даже говорить об этом стыдно! Хотела родить любой ценой? Довольна? Деньги бешеные ухнула... Ох, дура...

— Я — дура?! — Сашу затрясло. — Мне стыдно?! Тебя по-человечески спросили. Ты же врал мне всю дорогу, импотент! Если бы я знала, то...

— То что?? — заорал Тёма. — Не вышла бы за меня?! Развелась? А я тебя и не держу. И чужих ублюдков здесь не будет, ясно? Вали отсюда на хер!

— Сам вали!

— И свалю. Видеть тебя больше не могу!

Окончательный, третий в их жизни развод выдался самым тяжёлым. У супругов было что делить и терять. Недостроенный дом, земля (а там ипотека, и денежки капают), машина... Дом и участок решили продать, но кто будет этим заниматься? Саша? Это, извините, отдельная морока, и она дорогого стоит. Внутреннюю отделку дома Артём начал сам, горбатился по выходным. Как оценить его вклад? Куда девать закупленные материалы? И машина обоим нужна. Хоть судись, но это снова деньги. И время. А «недострой» с каждым месяцем дешевеет, покупателей найти труднее. Договорились кое-как, продали с убытком. За досрочное погашение ипотеки — штраф.

В общем, будто снова навернулась с лестницы. Дыдымс! — и ты в убогой арендованной квартирке. Душ течёт, кондиционер ревёт, соседи — эмигранты из Малайзии. Постоянно варят что-то жирное или тухлое. А Сашу и без этнической кухни тошнит. Бывший супруг названивает пьяный. И всё одна пластинка: сука, дрянь, как ты могла?! Заменила симку — отстал ненадолго. Потом узнал как-то номер и опять. Порой сама бы напилась от жалости к себе. Но уже шестой месяц, какое тут питьё? Вечерами размышляла: где она была, к чему пришла? Может, зря всё это? Токсикоз, депрессия, вечная усталость… Долг за операцию. Нет. Не зря.

Дочка получилась — супер. Рост, вес и остальное в норме. Сон, аппетит, туалет — как в учебнике. И рожала Саша легко. Назвала малышку Violet, по цвету глаз. Лета почти не болела, рано заговорила и пошла, в общем, медовый декрет. Это Саша думала шёпотом, чтобы не сглазить. Глазки вскоре посветлели, сделались прозрачно-голубыми, как у мамы. «Ты себя клонировала что ли?» — шутили в офисе, когда Леточку хвалиться принесла.

Ещё до года пошли в ясли на три дня. И два — Саша работала из дома. Воспитателей Лета очаровала. Идеальный ребёнок: любознательный, добрый, спокойный. Вскоре Саша отдала её на полную неделю. Обстоятельства на службе изменились. Компания приобрела аналитические софты IBM: SPSS Modeler и Decision Management. Саша тогда в декрете была. Заплатили бешеные деньги, выучили людей, а программы не работают. Вызывают консультантов IBM. Приезжают снобы-мальчики в костюмах, что-то якобы налаживают. Уезжают — не работает. Или работает не так. Лимит на бесплатную помощь исчерпан. Крайних не сыскать. Софты мудрёные насмерть, там у всех своя правда. Штат тихо ненавидит консультантов. Те почти в открытую хамят. Начальство, как обычно, ни черта не понимает. Но по определению виноватым быть не может. Или оно перестаёт быть начальством.

Саше говорят: брось всё и занимайся только этим. Будет твой проект. Упёрлась, поняла, в чём фокус, — и заработали программы. А фокус в том, что умники-дизайнеры опять перемудрили. Они ж не для людей изобретают, а развлечься. И пару заморочек можно ловко обойти. Не по инструкции, да. Без лишнего шума, ноу-хау не терпит суеты. Главное — работает? Работает. Вот бонус не последовал, а жаль.

Существовалось в эти годы хуже некуда. Копеечки считала, то есть центы. Дочь растёт быстрее, чем зарплата, пособие — слёзы. Игрушку лишнюю купить — задумаешься. Да и самой куда-то выйти, оттянуться. Тётки из офиса в пятницу звали... Но с кем оставить Лету? У других вон мамы, бабушки. Своей что ли позвонить? Часто вспоминала Ярославль, девяностые. Какие деньги улетали в никуда! Кабаки, халдеи, визажисты-массажисты. Может, бросить всё к едрене фене и — назад? Реанимировать отношения с матерью. Внучку показать. Мать одна в трёх комнатах, поместимся. Там друзья и связи, настоящие дела... Толик любит до сих пор. Там я лучшая была, а здесь?..

Чуть поденежней вакансия — отказ. На тёплые места всегда есть кто-то свой. Пятнадцать собеседований вынесла. Заходишь, видишь их кислые морды, и сразу хочется в них плюнуть. Показуху отбывают. Ситуация бесперспективная, как вечный двигатель. Серьёзно, почему бы не вернуться? Чемодан — аэропорт — Россия. Долг за операцию погашен, гражданство вроде бы не истекло. Открыла сайт «Дешёвые авиабилеты». From: SYDNEY, To: MOSCOW, Number of passengers: 2, ONE WAY. Впечатала завтрашнюю дату. И задумалась, глядя в экран: денег почти хватало.

Звякнул новый e-mail: «Собеседование. Замначальника отдела информации и анализа данных».

Вакансия была в её конторе. Бывший замначальника, редкостный осёл, двинулся куда-то с повышением. Резюме Саша отослала для забавы. По делу она бы справилась, реально занять место — шансов ноль. И сразу же забыла, однако угодила в шорт. Удачный случай хлопнуть дверью перед вылетом на родину.

Явилась, не готовясь, окинула взором силы неприятеля. Её босс, карьерист, приспособленец и трепач. Полусонное лицо из высшей администрации. И — хорошая новость — Линда Уотсон из кадров, в прошлом статистик или аналитик. Хоть один толковый человек. Вопросы по тошнотворной схеме: лидерские навыки, командная работа, инициативность... Кто придумал эту ахинею? Ладно, будет вам инициативность. И Саша рассказала о программах IBM. О том, как срезала углы. Не доходит. Встала и на белой доске поскрипела фломастером.

— Интересное решение, — вдруг сказала Линда, — вас не переманит IBM?

— Это зависит, — Саша улыбнулась.

— От чего?

— От вас.

В конце дня ей позвонили.

Говорят, удача любит дураков. Но ещё она тайно обожает скептиков. Чудеса должны удивлять, обращать в иную веру. Иначе какой в них смысл? Прошла неделя, а Саша всё удивлялась. Она — замначальника, и это не сон. Это её отдельный кабинет с табличкой на двери. Это она посещает семинар для топ-менеджеров. Можно снять приличную квартиру. Поменять машину, гардероб. Но сначала купить Лете электромобиль, давно просит.

Суббота. Тест драйв на Бондай-Бич. Детская площадка на холме, созвучный настроению вид на пляж и эспланаду. Искрится замкнутая скалами дуга песка и волн. Шевелится гигантская тусовка бездельников со всего мегаполиса. Масса голых тел, расслабленных улыбок, осветлённых волос — на их фоне лучше смотрится загар. Здесь купаются в любое время дня, недели, года. Вечные каникулы, одни и те же лица… Трепещут красно-жёлтые флаги спасателей. В обоих направлениях — движение юных сёрферов, гламурных бегунов, изысканных собак с людьми на поводках. Мама нажимает кнопочки на пульте, дочь с восторгом крутит руль. Так и мы, — философски думает Саша, — кажется, рулим, управляем чем-то. А где-то сверху давят кнопки…

Вдруг общее движение сбилось с ритма. На лавочку упала и задержалась тень.

— О! — сказали. — Здравствуйте, Александра. Ведь я не обознался?

Саша надавила кнопку «стоп». Посмотрела вверх. Ей улыбался незнакомый джентльмен в тёмных очках и соломенной шляпе. Рядом на шлейке — лохматый двухцветный терьер.

— Мама, она не едет! — крикнула Лета. — Ой! Ко мне собачка пришла!

Терьер уже поцеловался с дочерью и лез в кабриолет. Лета заключила его в объятия. Саша привстала.

— Не волнуйтесь, он добрый, — успокоил господин в шляпе. — Маффин! Иди сюда!

Собака неохотно подчинилась. Хвост заявил энергичный протест.

— Я вас знаю? — осведомилась Саша.

— Конечно. Яков, помните? Яков Ильич. Нас знакомил Артём. В «Рашен Коучмене», на презентации.

Саша вспомнила псевдорусский ресторан в Surry Hills. Артём презентовал четвёртый диск. Между варьете и танцами что-то спел под минус. Собралось человек тридцать, знакомых и не очень. Заливная рыба, пафосные тосты, оливье. Напитки принесли свои. И каждый хотел чокнуться с надеждой русского шансона. Понятно, напоили Тёму в хлам. Да, этот Яков Ильич там мелькал. Звукоинженер на «Радио Австралии». Или звукооператор, что-то в этом роде.

— А я и не знал, что у вас дочь, — говорил между тем Яков Ильич, — как тебя зовут, барышня?

— Вайолет. И я не барышня.

— Понял. Виолетта значит... Шикарный автомобиль.

— Your dog is cool too.

— Лета, говори по-русски, — вмешалась Саша.

— Твоя собака тоже классная.

— Согласен. Как там Артём? Творит?

— Не знаю, — ответила Саша, — мы развелись.

— Хм… — Яков Ильич покачал головой, — так это меняет дело.

— В смысле?

— В смысле чашки кофе. Или бокала шампанского. Что вы предпочитаете в это время суток?

— Мороженое, — сказала Лета, — только оно вредное.

Через неделю они встретились снова, потом — ещё раз. А в третий раз он сделал предложение. Сашу удивил не факт, а быстрота. Вообще-то статус одинокой мамы ей изрядно надоел. Есть в нём двусмысленность какая-то, невнятность. И варианты были в плане комплектации семьи. Пока что выбирала она. Вопрос — надолго ли? Выжидать — рискованно, ошибаться — поздно.

Яков Ильич. Яша… — она прислушалась к вельветовому имени. Яша. Что мы знаем о нём? Вдовец. Есть сын в Израиле, но отношения там, похоже, без горячки. Свой дом на Милитари Роуд. Непростая улица: Бондай в пяти шагах. Вид на океан и панораму города, любая недвижимость — от миллиона. Внешность, если честно… Из категории: зато непьющий. Или: зато дочь любит, как свою. Под вопросом, хотя мелкой он нравится. Не лезет, не сюсюкает, говорит по-взрослому, она это ценит. В тени — больше полтинника не дашь. А солнце в его возрасте противопоказано.

— Я понимаю, это выглядит, как спешка, — говорил Яков Ильич, — но... Мы не подростки, и... я считаю, — лучше объясниться, чем ходить кругами. В общем, есть такое предложение. Приезжайте ко мне как бы в гости. Поживёте неделю, месяц, сколько захотите. Три спальни, дом огромный, я уже рассказывал. Мне там неуютно одному...

Саша молчала. Её дочь, не отнимая рук от Маффина, спросила:

— Ты будешь моим папой или дедушкой?

— Хм... А можно и тем, и другим? — усмехнулся Яков Ильич.

— И будешь забирать меня из садика?

— А надо?

— Ну конечно! Вот смотри, — Лета показала собеседнику ладошку, она так делала, когда хотела что-то объяснить, — в садике у всех есть дедушки и папы. У Мэтью целых два папы или три. Они... they come round different each time. And I... well, I don't have a dad. But now I do! And I'll have a dog too...

— Лета, — перебила Саша, — на каком языке мы сейчас говорим?

Дочь состроила капризную гримасу.

— Но, мам, я плохо говорю по-русски! В садике никто не говорит по-русски. А я хочу, как все!

— Как все?

Собственный голос доносился будто издали. В кронах пальм шумел солоноватый ветер. Над океаном точно по линейке выстроились облака. Саша оказалась как бы в трёх временах разом. Где одно изображение проступает сквозь другое. Где прошлое мнит себя настоящим, а завтра, обрастая корешками из сегодня, перестаёт быть вымыслом. Она увидела типичную рекламную семью. Муж, жена, ребёнок, две собаки. Дом с австралийским флагом, постриженным газоном и качелями. Рождество, именины, счастливые лица в фейсбуке...

— Как все... — повторила она, глядя в своё мини-отражение. — А хочешь, полетим в Россию — на лето, к бабушке? Я отвезу тебя и привезу. А ты поживёшь с ней. На даче.

— К бабушке? — Лета сделала огромные глаза. — But... sure, I do! — и тотчас же поправилась. — Хочу.

Побег из зоопарка

Почти в любом селе есть дома как бы неуместные здесь, чужие. Два этажа, скрипучая лестница, шестнадцать квартир. Однако и не городские: тёмные, бревенчатые, у дверей вповалку сапоги, и запах кислый, избяной.

Народ там обитает такой же маргинальный. Заводчане на сельхозработах, шабашники, молодые учителя. Хотя какие они, к чертям, молодые? Вон историк Николай, почти сорок мужику. Учительствует давно. Пользуется, как говорят завистники, дешёвым авторитетом, руководит школьным ВИА и баскетбольной секцией. При этом росту он совсем не гренадерского. Коренаст, ухмыльчив. Напоминает одного киноартиста, игравшего при соцреализме хитрожопых деревенских умников. Выпивает регулярно, но без спешки. Разведён.

Рядом, в шестой квартире, затаился биолог Георгий Ильич. Пятидесятилетний, незаметный, лысина, толстые стёкла очков. От школы его мутит так давно, что состояние это кажется нормальным. «Хоть бы год спокойной жизни или три... — мечтает биолог о пенсии, — главное, чтоб не вынесли прямо из кабинета». На уроках школьники и Георгий Ильич существуют автономно. Семьи вроде бы нет. Учительская крепкая семья — это вообще оксюморон. Работа выедает толерантность дочиста, как у полицейских, например, или лакеев.

Вечерами историк навещает коллегу. Ему охота поговорить и выпить разведённого спирта. Рядом с деревней — спиртзавод, где у Николая всё под контролем. Жаль, собутыльник из Георгия неважный: у него был инфаркт. Одно время Николай ходил в соседний подъезд к учителю английского Ивану, человеку действительно молодому и в школе недавнему. Но затем у беременной жены Ивана стал портиться характер. Николай отнёсся с пониманием. Это у них всегда так: месяце на пятом звереют, а потом — ничего.

И вот Алёна родила, но оставалась пока в больнице. Законный повод устроить мальчишник, — решил Николай. Иван моментально согласился. Позвали Георгия Ильича, физрука Толика. Из города подтянулись бывшие сокурсники Ивана — Андрон и Фома. Фоме не хотелось ехать с Андроном, как чувствовал — выйдут проблемы. Не человек, а ходячий трабл — большой, шумный, везде с ним тесно.

Начнёт в электричке травить похабные анекдоты — слышат оба тамбура.

И начал, кто бы сомневался. Анекдоты были старые, на тему голубых — она его по жизни волновала. Андрон изображал героев в лицах, находя это дико смешным. На приятелей косились.

— Сидят два гомика в землянке, — Андрон, «подкрасив губы», запищал фальцетом: «Дорогой, кажется, немцы в атаку идут». — «А они красивые?» — «Ой, нет, страшные». — «Ну тогда, огонь!» Ха-ха-ха-ха! Или вот: молодожёны, первая брачная ночь, все дела. Он: «Киска, у тебя до меня парни были?» — «Нет...» — «А у меня были!»

— Что за мерзость, прости-господи, стыд какой, — не выдержала бабка с рюкзаком.

— Стыдно, у кого видно, — весело откликнулся Андрон, — а у кого болтается — не считается!

Явился на вокзал уже хороший, — сообразил Фома. Зачем вообще бухать, если дури природной с избытком? Но это был, конечно, риторический вопрос. Андрон находился в той фазе жизни, которую называл Flucht aus dem Zoo, или побег из зоопарка.

Раз в полгода Андрон убегал из дома, точнее, от сумасшедшей мамаши. Та его вычисляла рано или поздно. И, вернув к семейному очагу, мудохала подолгу чем-нибудь тяжёлым. «Вот те, сучий потрох! Вот те, мразь! Нагулялся, вошь лобковая?!» Андрон, бугай под метр восемьдесят и столько же в диаметре, защищал голову: «Ну хватит, мам. Заканчивай, мам...» Он знал, что экзекуция неотвратима, поэтому на воле распахивался душой.

Однажды Андрон Воеводин показывал друзьям фотоальбом. Из мутных окон в прошлое глядел задумчивый толстый ребёнок. Казалось, он удивляется, всматриваясь в Андрона сегодняшнего: как из него получился такой неадекват? Лёха Фомин не удивлялся. Он дважды общался с мамой Андрона и больше точно не хотел.

В детстве у Фомы была книжка «Рейнеке-лис» с жутковатыми, натуралистическими иллюстрациями. Морды большинства персонажей излучали бездну тупости и разврата. На их фоне мерзавец-лис выглядел даже симпатичным, что отчасти передавало идею книги. Один рисунок изображал фантастическое чудовище: царицу пещерных горилл. Увидев Эльвиру Романовну Воеводину, Фома поразился сходству. Мама Андрона выглядела так, будто кожу человека напялил загадочный организм, великий и ужасный. Папа у них отсутствовал. Иногда Фома думал: а ведь некий странный тип польстился на Эльвиру Романовну. Возможно, какой-то маньяк изнасиловал её в темноте.

Мать Андрона ненавидела Фому. Это чувство распространялось и на других приятелей сына, однако Фома всегда имел бонус. Кроме того, она ненавидела соседей, товарищей по работе, бездельников из ЖЭКа, продавцов, звёзд эстрады, геев, евреев, антисемитов, диссидентов и коммунистов. Словом, тех, кто находились в поле зрения. Часто там находился Андрон. Мама его, впрочем, и любила тоже, но с оттенком психического расстройства. Незаметно ушлёпок-сын заменил ей мужа-подкаблучника. И когда он это осознал, исправлять что-либо стало поздно.

В школе его, конечно же, дразнили — батоном и гандоном, но издалека. Андрон мог долго терпеть и вдруг наотмашь смазать обидчика по уху, а рука у него с детства была чугунная. Как большинство изгоев, Андрон любил читать. На уроках литературы отдыхал, немецкий считал забавой. Язык Гитлера и Канта увлёк его своей организацией. Усвоил правила — а дальше всё легко. В жизни правил не хватало. Материнская ласка или визг были не особенно привязаны к реальности. Обычный сюр, ко всему человек привыкает.

В десятом классе его ограбили. Трое обдолбанных гопников показали нож в сортире ЦУМа. Андрон отдал сигареты и деньги. Затем проследовал в ментовку за углом, где толково описал шпану. И даже вызвался помочь при задержании. Их взяли минут через пять. Крупный, мрачноватый юноша понравился блюстителям закона.

— Хочешь к нам внештатником?
— Хочу.

Шесть лет безвозмездной помощи милиции затейливо дополнили семейное воспитание. Андрон постиг основы боевого самбо. С удовольствием мочил подонков общества: алкашей, нарков, гопоту. Освобождал их от сомнительно добытого имущества. Перестал бояться кого-либо, мама — не в счёт. А главное — увидел себя личностью высокого полёта. В смысле, многих имеешь, а тебя — почти никто. Плюс квасить стал всё, что горит.

Выпивал он так. Месяцев шесть-семь — вообще ни капли. Друзья привыкли, если вдруг застолье, Андрону — лимонад. Причём он с него дурел, использовал резервы организма. Потом как будто таймер сигналил в голове. И уходил Андрон в запой, бессмысленный и беспощадный. Недели две скрывался по тусовкам, а мать его искала. На каком-то этапе её больную голову осенила идея — в загулах сына виноват Фома.

Фома долго не подозревал, что назначен крайним. Выяснилось это следующим образом. Как-то, ещё студентами, плотно зависли у Ивана, он тогда был холостой. Андрон не участвовал. Точнее, забежал накоротке с бутылкой водки и фрагментами скумбрии в пакете. Рассказал невнятную историю. Якобы он в скверике кому-то не понравился. Или ему кто-то. Пришлось чуток отремонтировать им фейсы. Жаль, рыба потеряла вид, но мы её не замуж выдаём, наливай, короче, в темпе, пацаны. Выпил граммов триста, закусил и шпацирен-маршCOOOOрен. У Ивана оставаться — риск.

Утром Иван решил пройтись. Только у ларька сообразил — куда шёл и зачем. А канистры нет… Пиво есть, а канистры нет! Вот облом, хоть назад беги. И как раз чувак идёт с бидоном. Иван увидел шанс.

— Эй, брат, здорово! Ты за пивом?
Брат слегка напрягся, попробовал узнать Ивана.
— Не… За молоком. Жена отправила. А что?
— Смотри. Сейчас мы в твой бидончик наливаем пива. И быстро выздоравливаем. Так?
— Так… — заинтересовался брат.
— Потом берём добавки и — ко мне.
— У меня рубль.
— Деньги не проблема. Выпиваем, ополаскиваем, и ты спокойно идёшь за молоком.

Прижился, в общем, дядя. Сначала забывал уйти, на третий день уже боялся. Звали его, кажется, Василий, откликался также на Петра. И засыпал не вовремя. Фоме с Иваном надо по делам, а Вася спит, как эмбрион. Да хрен с ним — закрыли и ушли.
Возвращаются — у подъезда мать Андрона ещё с какой-то тёткой.
— Где мой дебил? В квартире?

— Это вряд ли, — говорит Иван.

— Врёшь. Пошли смотреть!

— Да легко!

В подъезде у Фомы случилась ржака. До коликов в боку, почти истерика. Иван отомкнул. Мать Андрона — шасть к дивану. Сдёрнула плед, а там Василий!

— Хоба! — Фома выставил два средних пальца. Это он вообще-то зря.

— Смешно? — Эльвира Романовна обернулась. Её трясло, ноздри вздёрнулись, с клыков летела пена. — Ладно, выкидыш сучий, радуйся, что это не он. Когда будет он, я тебя убью, понял?! Это ты — ты! — его сбиваешь с толку. Пусть я отсижу — но ты у меня будешь гнить в земле!

Совхоз «Маяк». Двери закрываются. Следующая — «Горки».

— Наша, — сказал Фома, — айда, покурим.

Тамбур встретил холодом и лязгом. За окном горизонтально нёсся снег. Из сугробов там и сям выныривали избы. Кое-где мерцали огоньки, пластался дым из труб. Мелькнули две пятиэтажки с весёлыми гирляндами окон. И опять всё смазал тёмный перелесок.

Иван ждал на платформе. Дублёнка распахнута, шапка на затылке, вид малость очумелый.

— Папаша! Огоньку не найдётся? — окликнул его Андрон.

— О! Здорово, кабаны! Наконец-то. Здорово! Ну всё, пойдём, тут рядом.

Двинулись гуськом меж елей и сугробов. Разговаривать было трудно: вьюга уносила звук.

— Сына уже видел?

— Кого?

— Хрена моего! Сына, говорю, видел? Или у тебя ёжик родился?

— В окне!

— На кого похож?

— Не знаю.

— Мужья часто не знают! Ха-ха-ха-ха!

— Как назвали-то?

— Фомой.

— Да ты гонишь!

— Тогда уж лучше Андроном.

— Тогда уж лучше раздолбаем — для полной ясности. Раздолбай Иванович — звучит?

— Да пошли вы!

— Привыкай. Быть папачес — большой мучачес.

По сторонам чернели дома, заборы. Вспыхивала и гасла метель, пойманная светом фонаря. Вяло перетявкнулись собаки.

— Далеко ещё? — спросил Фома.

— Сразу за школой. Вон она.

Мрачное, казённое строение заставило ускорить шаг. Хотелось быстрее миновать его. Апофеоз провинциальной тоски, — думал Фома, — эти сельские школы, больницы, клубы. Одновременно вроде бы действующие и заброшенные. И ведь какие-то бедняги ходят сюда каждый день. Иван, к примеру. Мало того, из школы видят свой дом. А из дома — школу.

Тотчас открылся и дом, сумрачный, как будто нежилой. Два светящихся окна казались имитацией, внушали мысли о потере и забвении. Дом надвигался, как дыра в пространстве. Портал в неведомое. Глаз. Жёлтые квадраты выделялись на снегу. С крыши нависала ледяная глыба. Внезапно Фоме захотелось исчезнуть отсюда — немедленно. Но уже заходили в подъезд.

Дверь замёрзла открытой градусов на тридцать. Андрон едва протиснулся. Дохнуло затхлостью, мышами, грибами, плесенью и смертью... Что за дрянь лезет в голову, — поморщился Фома. В желудке шевельнулось что-то лишнее. — Зачем я подумал эту гадость — «смертью»? Надо как следует выпить. Однако вплоть до третьей рюмки не мог он побороть в себе нелепых ощущений: раздражения, досады, неясного предчувствия беды.

Голоса из квартиры донеслись ещё в подъезде. В нетрезвых интонациях угадывался диспут о проблемах человечества.

— Эй! Мы пришли! — крикнул с порога Иван. Спор в комнате не утих.

— ...жертвовал частью народа ради будущих поколений, — объяснял уверенный басок. — Можно было сделать иначе? Наверно, да. Но — диалектика, относительность, контекст! Как адекватно оценивать сталинские методы в нашу вегетарианскую эпоху? С точки зрения исторической перспективы...

— Как же, слыхали! — перебил интеллигентный тенор. — Скажи ещё, с точки зрения арифметики. Пусть миллион китайцев умрёт, зато остальные будут жить при коммунизме. А что, всё правильно. Особенно, если ты среди вторых.

— А при чём здесь китайцы? — вставил третий, наиболее пьяный голос.

— Анатоль, вы нажрались.

— Отнюдь. Но Мандельштама я этому уроду не прощу!

— Ба! Ещё гости прибыли!

— Опоздавшим штрафничок!

Задвигались стулья, наполнились рюмки. Сделалось по-доброму шумно и тепло. Выпили за новорожденного, за молодцов-родителей. Потом — за школу, чтоб она сгорела. За «давайте чаще встречаться, пацаны». За нас с вами и хрен с ними...

Скоро все заговорили разом. Толик пытался развлечь Николая. Андрон — напоить Георгия Ильича. Фома обнимал Ивана.

— Ты на родах-то присутствовал, отец?

— Это ещё зачем?!

— Ну, поддержать там, облегчить страдания...

— Какие страдания? Алёна проспала всё от и до. Мы дензнаков занесли, кому положено.

— А вообще не интересно?

— Не интересно. Ты хочешь, чтобы я импотентом стал?

— Я тебе как биолог скажу. Вся эта забота о будущих поколениях, историческая миссия, священный героизм — фуфло! Опиум для стада, чтоб им легче убивалось и сдыхалось. Единственная цель терактов, войн и революций — перераспределение собственности между узким кругом лиц. Если распутать клубок заморочек — останется древняя схема: ищи, кому выгодно.

— А может, всё наоборот? Может, выгода — не причина, а следствие?

— Ты в зоопарке давно был?

— Ха! Был. Я в нём, считай, живу.

— В смысле?

— Сейчас накатим — объясню.

— Не, я — пас. Вообрази большую клетку обезьян...

— Давай, полрюмки, а то не воображу.

— Наливай.

— ...а после дня учителя было школьное самоуправление. Помнишь?

— Ну.

— Я с утреца, как вспомнил, что работа отменяется, сразу — к девчонкам на тему подлечения.

Они толком не встали ещё: Света в халате, Лилия в пижаме. Ищи, говорят, на столе полно осталось. Наливаю стакан портвейна. Тут стук в дверь. И появляется директор.

— Михал Иваныч?

— Нет, Майкл Джексон.

— Чего он там забыл с утра пораньше?

— Хороший вопрос.

— В клетке обезьян всегда есть босс. И претенденты есть на это место. Потому что он имеет лучшие бананы и гарем. Бывают революции, волнения, так сказать, народных масс. Но ради чего?

— Да понял я. Хотя... вот, например, религиозные вожди: Лютер, Хомейни, Савонарола. Где там банан?

— Умница — пять баллов! Банан — за скобками. В подтексте, между строк...

...смотрит и молчит. Немая сцена, прям театр. И смотрит как-то мимо: тоже хворает, думаю, ага. И даю ему свой банан... Тьфу, блин! — стакан. С праздником, Михал Иваныч! Он не сразу выпил. Всё-таки трое подчинённых и двое не одеты...

...бу-бу-бу-бу... бу-бу-бу...

...протянет ей журнал и отдёрнет. Протянет и отдёрнет. И это при учениках. Света плакала в тот день...

...у тебя даже братья Матюгины сидят, как немые и пришитые...

…тактика выжженной земли: портфель — мне, сам — за родителями…

…знал бы прикуп — соломки б настелил…

…зарплата по-любому — с кошкин нос…

В какой-то момент Фома упустил нить вечера. И вновь поймал её за кухонным столом. Напротив кто-то витийствовал, дирижируя сигаретой. Кто-то очень знакомый. Так. Иван. Коллеги его исчезли. Из комнаты слышался мокрый храп: кхрр… кхрр. Андрон. Надо тоже баиньки, — подумал Фома. Мальчишник проскочил этап логичного финала и увяз в бестолковых ночных разговорах.

— …человек способен на поступки, бесполезные для выживания, — говорил Иван, — даже вредные. Творчество, например…

Фома увидел перед собой рюмку водки и кружку чая. Глотнул последовательно. Достал из пачки сигарету.

— …человек начинает действовать не из шкурных интересов, а ради принципа. Иногда в ущерб себе.

— Да хватит уже, — обозлился Фома, — зафакали этим человеком! У меня кот готов был умереть ради принципа. Кот! Хотел, понимаешь, гадить за диваном — и точка. Что только не делали… — Фома покачал головой. — Воняло хуже деревенского толчка. Я раз увидел новую кучу, сорвался. Схватил его вот так, думаю — не дай бог, убью. А он смотрит, как партизан, и говорит: убей меня, пытай, делай со мной, что хочешь. Но я буду срать там, где мне нравится.

— Прям так и сказал? — усмехнулся Иван.

— Прям так и сказал.

И тут входная дверь заколотилась от ударов. Ещё. Ещё. Били с ненавистью.

— Это что за новости? — Иван поднялся, шагнул в коридор. Не открывай!! — хотел крикнуть Фома. Он вдруг понял — там не соседи, не телеграмма. Не заблудившийся алкаш. Такой стук означает нечто гораздо худшее. Фома почти знал, что скрывается за дверью. Крикнуть он не успел.

Дверь хлобыстнула, будто выстрел, и сразу кто-то упал. Большая, страшная тень метнулась в комнату. Эльвира Романовна Воеводина. Нет!! — взвизгнул ребёнок в голове у Фомы. — Этого не может быть! Как она узнала?! В комнате мычали, рычали, снова что-то падало. Последовали звуки оплеух.

Фома понимал, что должен валить — сейчас, немедленно, быстрее, идиот! Но вместо этого сидел парализованный, зажмурившись внутри, и дожидался хоть какого-то финала. Ведь ничего особенного не происходит? А если происходит, то с кем-то другим... Так, вероятно, думает барашек, привезённый на шашлык. Его даже не связывают толком. Он чувствует запах костра, слышит звяканье шампуров, гогот людей, которые будут… Будут которые… Так же смеясь, запихивать во рты что-то горячее, дымящееся. Запивать тёплым красным вином. Вытирать жирные пальцы о траву. И вдруг ему становится легко и как-то тупо радостно. Всё-таки он здесь почётный гость. Он даже пытается улыбаться…

Фома поднял глаза. В дверях стояла Эльвира Романовна. Шуба нараспашку, космы прилипли к лицу. На щеке — мясистая бородавка с тремя волосками, Фома ясно различал каждый. Они хоть выглядели по-человечески. «Ну всё. Ты досмеялся», — произнесло существо.

Дальше за Фому действовал инстинкт. Инстинкт выдернул его из-за стола, заставил схватить увесистую пепельницу и метнуть в голову Эльвиры Романовны. Одновременно или мгновением раньше она с утробным звуком «ы-ы-их!» вдавила стол Фоме в живот. Бросок ушёл мимо, рюмки-чашки полетели. Нащупав табурет, Фома резко пнул его. И кажется, попал Эльвире в ногу. Ага!

Но вместо гримасы боли лицо сумасшедшей исказила ухмылка. Рука её схватила что-то с полки. Ы-ы-их! Лезвие кинжала просвистело наискось в сантиметре от лица Фомы. Он шарахнулся. Тотчас новый удар столом — х-хрэк! — вдавил его в стену. С немощным ужасом Фома осознал, чем сейчас будет зарезан. Это был не кинжал (и правда, откуда ему взяться?), а ножницы. Длинные раскройные ножницы! Сжав их поудобней в кулаке, Эльвира изготовилась для бойни.

И — забилась в мощных объятиях сына. Андрон обхватил маму сзади, фиксируя руки. Нечеловеческим усилием оттащил с прохода. Безумица рвалась к Фоме, мычала, трясла головой.

— Беги! — заорал Андрон.

Фома ломанулся. Вмял ноги в ботинки, сорвал шапку, пальто. Дверь была настежь. Иван куда-то пропал.

— Беги! — ревел Андрон. — Я её долго не удерж... а-агх!

Фома ухнул по лестнице, не чуя ступеней. Вон он — проём, живительный холод свободы. Особь низвергалась следом, громко дыша. Только бы выскочить на улицу... Господи, не здесь! Не в этом доме! Сзади ударило, толкнуло вперёд. Последней конвульсией сознания Фома услышал грохот. Увидел, как падает лицом в снег...

Вой сирены завинчивался в мозг. Глубже, сильнее. Резко стих. Историк Николай проснулся. Голубые огни скользили по комнате. Хм, менты? — подумал Николай. — Или скорая? Зачем сирена ночью? Не с Георгием ли чего... Наспех оделся, вышел в подъезд. Тут же приоткрылась дверь напротив, и выглянул Георгий Ильич.

— Слава богу! — обрадовался Николай. — Я боялся, тебя дед Кондратий навестил.

— Не дождётесь, — хмуро сказал биолог, — это в соседнем подъезде, вроде.

— Пойду, гляну.

— Погоди, я с тобой.

Фома бежал через заснеженное поле. Куда бежал? Как очутился в поле? Спросите что-нибудь полегче. Он бы имени своего теперь не вспомнил. Бежал, пока не кончилась дорога. Затем шёл, ломая целину, увязая в снегу. Ботинки и джинсы намокли, лицо закаменело от пурги. Вдруг двигаться стало легче. Ещё шаг... пустота. И Фома полетел в овраг.

Противоположный склон оказался упрямым. Каждый раз, сползая вниз, Фома испытывал ощущения насекомого в песчаной ямке. Была такая детская забава: посадишь в ямку муравья и наблюдаешь, как он сучит лапками. Песок-то осыпается. Ещё подкинешь ему малость на голову для интереса. Каждому воздастся по делам его.

Около двенадцати ночи в квартиру одной из пятиэтажек-близнецов — архитектурных изюминок совхоза «Маяк» — робко позвонили. Многоквартирные дома с тёплым водоснабжением были гордостью совхозного начальства. В короткий срок они решили вечную российскую задачу: удержание населения в местах традиционного обитания.

И даже как бы её перевыполнили. Половину квартир таинственным образом занял шустрый городской народец, ездивший на службу электричками.

Хозяева дремали у телевизора. Они давно освоились на первом этаже, так что звонки всяких идиотов воспринимали философски. «Коль, иди разберись. Дай там по башке как следует». Коля посмотрел в глазок. Фигура на площадке напоминала снежного человека, только маленького.

— Чего надо?

— Извините… Я з-заб…блудился. Как пройти на станцию?

Коля открыл дверь.

— За домом сразу налево. И десять минут прямо. Куда едешь-то?

— Вг… в город. А мы вообще где?

— Пить надо меньше. Беги, давай. Успеешь на последнюю.

Фома успел. Вагон был пуст. Нет, в дальнем конце сутулилась бомжиха с узелком. Грязноватая «аляска», капюшон опущен на лицо. Вагон болтался, набирая скорость. Фома закрыл глаза. Потихоньку восстанавливались чувства: холод, голод, адская усталость. Кажется, он задремал.

И ещё во сне начал понимать — с вагоном что-то не так. Да. Бомжиха переместилась. Теперь она стояла ближе — в нескольких шагах. Капюшон едва скрывал прямой, тяжёлый взгляд. Мёртвый. И в руке у неё был не узелок. Нет, мальчики и девочки, совсем не узелок! Ножницы. Господи, ножницы... Чьи-то ледяные пальцы гаммой пронеслись вдоль позвоночника. Сердце заметалось между горлом и желудком. Я ничего этого не вижу, — подумал Фома. Но он, разумеется, видел.

Тварь отбросила капюшон. Это была она.
Царица пещерных горилл — великая и ужасная.

Отверзлась чёрная пасть, точно собираясь укусить бигмак. Визг резанул по ушам, будто завопили сразу несколько младенцев: «Иииииииии! Иииииииии!! Убивают!! Убива-а-ают!!!» Фома едва ли поверил бы, что способен издать этот звук. Он бежал, летел через вагоны. Через капканы дверей, громыхание тамбуров — искал глазами людей, хоть одного живого человека. Первый вагон, тупик — опять никого. Но кто-то же должен вести этот поезд?! Заколошматил в дверь кабины машиниста. «Откройте! Спасите... Убивают...» «Наряд милиции, срочно пройдите в головной вагон», — хрипло ответил динамик. И затем: «Центральный вокзал, конечная. Просьба освободить вагоны». Фома вывалился на платформу.

К остановке, интимно светясь, подрулил автобус. Нереальное везение. Но Фома к этому времени утратил связь с реальностью. Он не удивился. И уже хотел войти, когда заметил сквозь белёсое окно фигуру или тень в глубоком капюшоне. Фигура обернулась к нему тёмной, жуткой полостью. И слегка кивнула.

Приехали. Вот так слетает крыша. Фома метнулся от автобуса, пытаясь не бежать. Я не сумасшедший, я просто устал. Я должен успокоиться — сейчас же. Голоснул, остановилась тачка, он приоткрыл дверь. Водитель был мордатый и косматый. Бородавка, как жучок, сидела на щеке. Фома мысленно поднял руки.

— Я просто устал, — сказал он, — просто устал. А так со мной всё хорошо.

— Ты уверен? — усмехнулись из салона. — Ехать-то куда?

Задние двери «Скорой» были распахнуты. Из подъезда слышались голоса. Рядом стояли носилки, у кабины перекуривал шофёр.

— Что там случилось? — Николай достал сигареты.

— Бабка упала в подъезде. Что вы за люди такие, дверь расчистить не можете? Вручную приходится таскать.

— Хм, бабка… — качнул головой Ильич. — У нас тут бабок нет. Жить-то будет?

— А куда она денется? Починят. Ещё нас переживёт.

Эльвира Романовна умерла в семьдесят девять лет. На месяц раньше сына. В последний год он редко выходил на связь. Разок-другой Фома общался с ним по скайпу. Андрон всегда полулежал в развалах мятого белья. Он был похож на говорящую медузу. Затем надолго выпал из сети. Осенью на его странице в фейсбуке появился лаконичный месседж: «Андрон умер».

Фома набрал Ивана.

— Это правда?

— Правдее не бывает. Я сам его хоронил. Мы с женой и пара дальних родственников — охотники за флэтом. Он страшный был такой. Серый весь, как... холодец.

— От чего умер-то?

— Инфаркт. Пустую бутылку нашли у кровати. И два пива в холодильнике. Не дошёл. А вообще, я думаю, не смог он без матери.

Друзья помолчали.

— Сбежал всё-таки, — нарушил паузу Фома.

— Не понял, — спросил Иван, — откуда?

И сразу понял, откуда.

Психология
одного преступления

За плотными шторами дремал свет. Я постучал, шагнул в сени. Неловко выбрался из сапог. Скрипнула обитая войлоком дверь.

— Эй, хозяева! Дома есть кто?

Тишина.

Отлучились в туалет? К соседям?

Лампа с абажуром высвечивала пачку денег на столе. Голубые пятирублёвки, на вид около сотни. Тут произошло необъяснимое. Часть меня отделилась, взяла деньги и уверенно сунула в карман. А вторая с ужасом за этим наблюдала. Затем мы соединились в человека, почти бегущего по тёмной, грязной улице. В нём гипотетические прохожие опознали бы учителя Чучминской средней школы Вячеслава Михайловича Смирнова.

Это случилось давным-давно, в первой жизни. Сейчас у меня четвёртая. Однако причины той кражи мне всё ещё не ясны. Начать с того, что в целом я — гражданин законопослушный. Не только из боязни уличения. И уж точно не из-за высоких моральных устоев. Похоже, дело в лени. Во-вторых, я не бедствовал: платили в школе сносно. Кроме своего предмета на меня взвалили два чужих. Мало ли, что сказано в дипломе — работать некому. Плюс тридцатка за классное, будь оно неладно. Плюс червонец за тетради.

А потратиться в деревне нелегко. Магазин пустой, закон сухой, короче — не Лас-Вегас. Четыре почти бескорыстные дамы, но… Возраст и наружность тупиковые, даже после самогона. Кроме того, за этих «девушек» легко могло прилететь в ухо или глаз. И без девушек, впрочем, тоже. Такое местное хобби.

Около нашей избы я сдвинул придорожный валун. Потрогал землю — сухая. Быстро сунул туда деньги, вернул камень на место.

— Принёс? — крикнул Рубик из продавленного ложа.

— Кого?

— Уже хряпнул что ли? Ты за чем ходил-то?

— Нет. Их дома не было.

— Блин! Ну зашёл бы куда-нибудь ещё!

— Да погоди ты! Слушай.

И я рассказал ему про деньги. Зачем? Поделить на двоих груз наваждения, страха, чувства вины?..

— Где спрятал? — Рубик приподнялся. — Слав, ты охренел? Здесь же кругом тотальная слежка. Надо принести домой и сосчитать.

Мы вышли под редкий дождь. Принесли, сосчитали. Действительно, сто рублей.

— Половину мне, — сказал коллега.

«За что?» — хотел спросить я. Но тут же понял, за что. Я бы ему все эти деньги отдал.

Рубен Катопян был последствием смешанного брака армянского отца (замначальника Ялтинской таможни) и русской мамы (начальника гаража КГБ). Как он с такой родословной угодил в самарский пед и чучминскую глушь, долго оставалось тайной. Однако за год в двухместной подводной лодке расскажешь о себе, что можно и нельзя. После школы Рубик трудился в обслуге гостиницы «Интурист». Попался на мелком валютном гешефте. Старики его, конечно, отмазали. Но мудро решили сослать куда-нибудь подальше. На всякий случай.

Думая о Рубике, я невольно вспоминаю фразу о том, что мир — театр и так далее. Известно, что большинство актёров — посредственности, годные только для массовки. Остальные делятся на имеющих амплуа и универсальных, то есть способных убедительно изобразить всё: от Гамлета до его лошади. То же в мире обычных людей. Подавляющая часть — биомасса, тире между датами, как замечено в старом фильме. У других мастерски выходит что-то одно, а прочее — так себе. Ну и есть многогранные таланты, вроде Ксении Собчак.

На инязе Рубик слыл великим ловеласом. В этом заключался его первый и единственный талант. Соблазнить барышню на женском факультете — дело нехитрое. Спрос намного обгоняет предложение. Любому овощу в штанах гарантировано внимание нежного пола. Однако чтобы заработать репутацию секс-машины, недостаточно менять девчонок раз в семестр. Иметь несколько параллельных связей — тоже. Важно — увлекательно об этом рассказать. Тут Рубик не знал конкуренции. Описывал затейливо, детально, подмигивая и чмокая губами в нужных местах. Где, когда, сколько раз, обстоятельства, позы... Как та или иная пассия реагирует на его сексуальное мастерство. Вскоре эти байки друзьям наскучили. Отравленный славой Рубик переключился на более-менее юных кафедральных дам.

Они были якобы доступней, чем студентки. Подходили к делу творчески: знали «Камасутру», охотно шли на изощрённый секс. В короткий срок Рубик (по его утверждению) отымел четырёх, две из них — замужем. Верилось ему с трудом. И всё-таки... а если?

Это внесло лёгкую изюминку в мои отношения с педагогами. Помню, «немка» Анна Соломоновна возмущалась:

— Чему вы улыбаетесь, Смирнов? Я не допускаю вас к экзамену, пока не отчитаетесь за все темы пропущенных семинаров. И в удобное мне время, а его почти нет. Ist es Ihnen klar?

— Ganz klar.

Я представлял, как Анна стонет в объятиях нашего мачо. И жить становилось чуток веселей.

Для усиления имиджа Рубик выучил пять аккордов на гитаре. Сочинил несколько душещипательных баллад. Мелодии и тексты звучали почти одинаково. Жуткий микс из хитов Кузьмина, Пугачёвой и группы «Воскресение». Вспоминаю, например, такие пронзительные строки:

...Как бедный художник разбитую скрипку
Утопит в бокале плохого вина...

Я тактично намекнул автору, что художник, скорее, утопит палитру или кисти. Кроме того, скрипка вряд ли утонет в бокале, хоть на щепки её разбей. Палитра, впрочем, тоже. «Это метафора, балда, — обиделся Рубик, — главное — в подтексте, между строк. Девчонки писают кипятком... Да что тебе объяснять!» Возражать я не стал. Факультетским мальвинам этот бред действительно нравился. Вскоре Рубик заменил «художника» на «маэстро». Скрипку оставил как есть.

Что происходит с таким человеком в условиях фатального дефицита женского общества? Правильно — он звереет, смысл его жизни утерян. В школе работали две местные незамужние учительницы. Обе подверглись домогательствам Рубика. И остались равнодушны, как дождь за стеклом. Испытанные годами методы здесь не работали. Физрук Люба с правильным телосложением и неправильным лицом откровенно издевалась над страдальцем. Учитель младших классов Лена, крупная, чуть заторможенная девушка, не сразу поняла, что от неё хотят. А осознав, произнесла старомодное: «Только после свадьбы. Но с вами — никогда». Жили учительницы вместе. Это в их доме я украл сто рублей.

Ночами Рубика терзали эротические сны. Он вставал, курил, искал на ощупь банку за печкой. Наливал стакан-другой, забывался кое-как. Изготовленная нами бражка редко попадала в аппарат. Едва в ней появлялись хоть какие-то градусы, мы её, увы, выпивали. В меня этот напиток укладывался худо. На рассвете я бывал в относительном порядке. Одевался, брился, заваривал чай. Пытался не смотреть в окно. Ландшафт до омерзения гармонировал с похмельем.

— Ты идёшь? — спрашивал коллегу.

— Нет, — глухо доносилось из-под одеяла, — скажи там что-нибудь.

Дорога, тяжесть грязи на сапогах. Постылое здание школы. Кабинет завуча.

— Тамара Семёновна, Рубен Генрихович заболел. Съел вчера что-то не то.

— Опять бражки напились?

Это звучит как утверждение. У Тамары Семёновны поблекшие, всезнающие глаза...

Мучений сотоварища я не разделял. У меня была постоянная девушка в Самаре. И ещё одна, поближе — в Альметьевске. С первой я встречался на каникулах. К другой теоретически мог ездить каждый выходной. Час по грунтовке до трассы и столько же на автобусе. Всего получалось — три. Время тогда двигалось неправильно. В реальности появились дыры. Месяц тянулся, как два. Зима казалась вечной. Снег внезапно превращался в дождь и наоборот.

Выбраться из Чучминки зимой удавалось исключительно на тракторе. Осенне-весенняя слякоть наглухо закрывала внешний мир. Когда выпадала сухая неделя, десятиклассник-мотоциклист Лёха подбрасывал меня до асфальта. Лёха собирался поступать куда-то в городе. Я обещал ему четвёрки в аттестате по своим и Рубика предметам.

Альметьевскую девушку звали Клара Марксовна (я не шучу). По занятному совпадению работала она вторым секретарём горкома комсомола. Чем конкретно занималась, ответить не смогла. Больше всего на свете Клара ненавидела скороговорку про украденные кораллы. Познакомились мы в Казани.

Осенью там проходило невнятное комсомольское сборище республиканского масштаба. От нашего района послали меня. Объяснили, что больше некого. Рубик тогда здорово надулся: он бы и сам прокатился в Казань. Чем он, собственно, хуже?

— Ты в зеркало давно смотрел? — не удержался я.

Рубик взял с тумбочки зеркало. Взлохматил чёрные локоны, удлинённые сзади. Иногда я прикалывался на тему заплести их в косичку или стянуть резинкой в хвост. Спереди Рубик напоминал колумбийского мафиози: опасный взгляд, щетина, тонкие усики.

— И что тебе не нравится? — злобно спросил он.

— Всё, — ответил я, — и это к лучшему. Иначе мы бы здесь стали гомиками.

Из Казани, охваченный городской эйфорией, я устремился в Самару. Неделю зависал в одной тусовке. Однажды вспомнил, что работаю в сельской школе на краю земли. То есть рано или поздно надо туда выдвигаться. В автобусе Самара — Шентала безуспешно придумывал отмазку. Голова работала, как бетономешалка, думы ворочались медленно. Граница РСФСР и ТаССР встретила меня ледяным дождём. На автовокзале было мокро и вонюче. Среди узлов и баулов вповалку дремал народ. Автобусы в Татарию не ходили.

— И давно такая погода? — спросил я в кассе.

— Недели полторы.

Ура! Думать больше не о чем — стихия всё решила за меня. За Шенталой кончался асфальт.

Начиналась выбитая глинистая дорога. Сейчас она превратилась в грязный водоканал.

Я набросил капюшон. Добежал под навес автобусной остановки. Закурил. И что теперь? Из ниоткуда вынырнул армейский грузовик с шестью массивными колёсами. Я вяло голоснул.

— Тебе куда? — донеслось из кабины.

— До Черемшана возьмёте?

— Лезь в кузов.

— Спасибо!

Ливень звонко хлестал по брезенту. Полутьма и штормовая качка. В пластиковом окне мелькнул автобусик, увязший по стёкла. Вероятно, тот, которого ждали люди в Шентале.

В райцентре чудеса продолжались. Сначала кончился дождь. Минуту спустя я увидел трактор. Наш чучминский трактор с гусеничным ходом! Он вразвалку полз, куда надо, тракторист приглашающе махнул рукой. Его сына Равиля я пытался научить английскому языку. «Я трактористом буду или шофёром, — заявил как-то Равиль, — на хрена мне ваш английский?» Я не знал, что ему сказать. И до сих пор не знаю.

Рубик выскребал жареную картошку из сковороды. Трезвый и злой, как волчара.

— А, явился, — выговорил он с интонацией, обычно предшествующей мордобою.

— И тебе не хворать.

Я знал, что драки не будет. Брутальная внешность Рубика скрывала человека дипломатичного и осторожного. Особенно в трезвом виде.

— И где тебя, млядь, носило? — продолжал он. — Я тут один, как… как сука распоследняя… пашу за двоих. Шесть уроков в день! Ты обо мне хоть раз подумал?!

— Подумал.

Я выставил на стол бутылку «Русской». Затем ещё одну. Добавил палку твёрдой колбасы, ломоть сыра, четыре банки шпрот. Глаза коллеги потеплели.

— Я боялся, что ты не вернёшься, — сказал он после третьей, — всё, думаю, трындец. Один бы я тут загнулся. Только вешаться… или бежать. Признайся, была такая мысль?

— Была.

— Давай свалим вместе. Хоть завтра.

— Скандал будет. Закончим год и свалим. С армией что делать?

— Откосим как-нибудь. Я долго здесь не выдержу точно. Крыша едет на глазах…

В моей крыше тоже ощущалось движение. И пока (надолго ли?) хватало здравомыслия это осознать. Больше всего меня угнетал дискомфорт как часть феноменального абсурда сельской жизни. Рубик не парился из-за удобств. Мог долго не есть, легко терпел холод, грязную комнату, немытую посуду. Даже уличный сортир. Годы обитания в общежитии приучили его к аскетизму. Отключение воды, электричества, батарей, закуска вместо еды считались там нормой. На четвёртом курсе Рубика выселили из общаги за аморалку и пьянство. Он арендовал дешёвую комнату, но год спустя был изгнан и оттуда.

Уломав родителей, я пригласил друга жить у нас. Это случилось за месяц до выпуска. Распределение уже состоялось. Мы просились в одну школу, неважно где, и огребли, за что боролись. Тогда у юношей на выходе из педа была альтернатива. Полтора года в армии или три — учителем в селе. Отслужившие знакомые советовали ехать в деревню. Я колебался — выбор из двух зол не бывает правильным. Но полтора убитых года всё же меньше, чем три. «Нет, — сказал приятель, испытавший оба удовольствия, — запомни: самая плохая гражданка лучше самой хорошей армии». После года в Чучминке я этой уверенности не разделял.

Сельскую местность хорошо любить наездами. Выйти, например, из джипа в поле. Глотнуть целебного воздуха, приправленного коровьими специями. Повстречав застенчивую церковь на холме, жадно щёлкать «Кэноном». Чтобы фоном непременно — одуванчики, трепетная синь, контрастный лес вдали. Забрести в едва живую кособокую деревню. Художественно фоткать избы, похожие на лица старух. А вечером под коньячок сладко отдаться неизбывной русской тоске. Курить у печки, жалеть, что не родился в позапрошлом веке. Думать: Эх!.. Стояла деревня и сто лет, и больше. Люди жили, работали, верили во что-то, а теперь...

И наутро с облегчением убраться восвояси. В городскую жизнь с её фальшивыми улыбками и пустословием. Где интернет, писательский халат и мягкое сиденье унитаза. Но уже планировать следующий выезд, очередную подзарядку батарей в какой-нибудь идиллии семнадцатого века.

А остаться в этой идиллии на год-другой слабо? Не слышу. А-а... Вот так-то.

Почта и хлеб — раз в неделю, и это удача. Большую часть года наши хлебные припасы лежат замороженными в сенях. В сельпо натоптано и душно, пахнет мокрыми собаками. Ассортимент: галоши с интимным нутром, тусклые консервы, макароны, слегка похожие на брёвна. Подозрительные соки в трёхлитровых банках. Банки в хозяйстве нужны. Томат-паста и дрожжи уносятся, как мухи на ветру. Паста идёт на бражку вместо сахара. И дешевле.

Ночью приспичило — есть ведро. По большому тяжелее: надеваешь штаны, телогрейку, валенки, берёшь фонарик и — махом по сугробам. Внутри надо действовать очень быстро. А если быстро не выходит, что тогда? Как ни странно, эта жизненно важная тема не получила развития в мировой литературе. Вот читаешь, например, Джека Лондона. Герои мчатся на собаках по арктической пустыне. Тысяча миль в один конец, плевок замерзает на лету. Масса подробностей быта за исключением одной: как на жестоком морозе решалась проблема запора.

В печке трещина сверху до низу. Школьный истопник Петрович, угрюмый алкоголик, замазал её чем-то. «Но, — предупредил, — топите аккуратно, может взорваться». Это как, интересно, «аккуратно», если за окном минус тридцать?

Бани своей нет. По субботам ходим мыться к директору школы. Не за спасибо — мы ему картошку выкопали осенью. После бани нас зовут к чаю. Дом — новый, просторный, один из лучших в селе. Уютный кухонный гарнитур, бормочет цветной телевизор. Гордость директора — тёплый клозет, хитрая система обогрева, подачи и смыва воды. Жаль, по большому сходить не удалось. Получасовое ощущение нормальной городской квартиры. С тоской возвращаемся в нашу избу.

Весной баня кончилась. Отмечали юбилей пожилой учительницы. Рубик закосел и вышел на крыльцо отлить. Вдруг появляется жена директора Елена Ивановна.

— Рубен Генрихович, что это вы здесь делаете?!
— Будто сами не видите.

Мой друг невозмутимо застегнулся и говорит:

— Хотите, исчезнем по-тихому? А потом незаметно вернёмся.

После этого директор осатанел. На работе цеплялся по делу и без. И никакой бани, конечно. Мылись в тазу, поливали один другого из чайника. С мая ходили на речку. Осклизлый берег, ледяная вода по щиколотку, коряжистое дно травмирует ступни. Лёг, встал, намылился. Снова лёг.

Дыры в реальности к тому времени опасно увеличились. Космическая пустота бессмысленно таращилась из них. Бытие расползалось, как изношенная кофта. По выходным наша изба погружалась в раздражённое молчание. Рубик тренькал на гитаре, ладно, хоть не пел. Его гнусавый тенор осточертел мне до изжоги. Я перечитал все детективы, имевшиеся в библиотеке. Потом взял увесистый том Блока, думая освоить его за неделю. Но тормозил на каждой строфе. Всматривался в буквы, твердил, как маньяк: «И голос был сладок, и луч был тонок, и только высоко, у Царских врат причастный Тайнам, — плакал ребёнок о том, что никто не придёт назад. О том, что никто. Не придёт назад. О том. Что никто. Не придёт. Назад».

Мы почти не разговаривали, всё было сказано. Только цапались из-за всякой мелочи, будто грызуны в клетке. Кому идти за водой, мыть посуду, готовить еду. В итоге решили: делает тот, кому первому надо. Первым всегда оказывался я.

Рубика бесили мои отлучки в Альметьевск и письма из двух городов. Меня — его лень и косяки, точнее, их последствия. Однажды Рубик, накатив для мужества, двинулся на танцы в клуб. Вернулся с очень нетрезвой дамой шалавного типа. Звали её Людмила — домохозяйка, без комплексов, живёт с матерью и сыном. Отец ребёнка, как говорится, пожелал остаться неизвестным.

— О-о, класс, — зевнула Людмила, — я отдохну у вас немного, мальчики. А после можно и романсы, ой...

Гостью качнуло. Путаясь в ногах, она выкарабкалась из сапог. Затем рухнула на мою койку и отключилась, как тумблером щёлкнули.

— Хочешь, трахнем её вместе? — предложил коллега. — Только я первый.

— Ты что, — говорю, — дебил? Это же статья.

— Твоё дело.

Рубик присел к Людмиле, начал расстёгивать пуговки. Я, захватив сигареты, вышел на крыльцо.

С минуту в избе было тихо. Потом донеслась возня, голоса. Что-то упало. Выбежала Людмила, разгневанная и почти трезвая.

— Сука! — кричала она, застёгиваясь. — Изнасиловать хотел, козлина, тварь! Я что, за этим сюда шла?!

«Нет, — подумал я, — ты шла смотреть нашу коллекцию Ван Гога».

— У меня парень есть, — не унималась гостья, стоя у калитки, — всё ему расскажу! Он вас обоих, козлов, порежет!

Слова «вас обоих» мне крайне не понравились. Появился Рубик с озадаченным лицом.

— Ты слышал, что она кричала? — спросил я.

— Слышал. Фуфло это всё.

Оказалось — не фуфло. Через полчаса к нам заглянул десятиклассник Лёха. Он жил поблизости, забегал иной раз на стаканчик. Пару раз одалживал нам самогонный аппарат. Осенью добыл бензопилу, помог наколоть дрова.

— Это у вас сейчас Людка орала?

Такова деревенская осведомлённость. Лёха подтвердил, да, есть один кент в соседней деревне, Федя Шилин. Недавно откинулся. Встречался с Людмилой ещё до зоны. Погоняло, естественно, Шило. И сидел, как нарочно, за драку с поножовщиной. Настроение ухнуло в подпол.

Ещё через день Лёха сообщил, что Шило якобы узнал про инцидент и грозился навестить учителей. Рубик спал с топором под кроватью. Я удовлетворился молотком. Лёха, дай бог ему здоровья, сидел у нас допоздна каждый вечер.

— Вдруг не один заявится, — пояснил он, — втроём ловчее отобьёмся.

— Может, не придёт?

— Придёт.

Девять вечера, играем в карты. Стук в окно и незнакомый голос:

— Эй, учителя! Открывай, поговорить надо!

Я приоткрыл форточку.

— Это кто?

— Конь в пальто.

И уже стучат в дверь.

— Кажись, один, — выдохнул Лёха.

— Слав, иди открой, — тихо сказал Рубик.

— Твой косяк, сам и открывай!

— Я открою, — Лёха шагнул в сени.

Рубик придвинул его табурет. Положил на сиденье топор, укрыл полотенцем.

Вошёл неприметно одетый, квадратный человек в сапогах. Не оставил снаружи, гад, а я вчера полы мыл. Лёха встал у двери за его спиной. Незваный гость довольно осмотрелся. Гладкая опасная физиономия. В глазах кураж и любопытство.

— Ты что ли Рубик?

— Допустим, — сказал Рубик, — и что?

Выглядел коллега собранно и зло. Почти Антонио Бандерас в фильме «Наёмные убийцы». Это была маска от страха, но хорошая.

— А я Фёдор Шилин, слыхали?

— Слыхали, — рука моего друга скользнула к топору, — прямо здесь будешь резать или выйдем?

— Резать? — бандюга улыбнулся серыми зубами. — Кого? За Людку что ли? Да вы заучились, пацаны! Кому нужна эта шалава? Я вообще-то познакомиться зашёл.

Он вытащил из-за пазухи бутыль, заткнутую куском газеты.

— Занюхать найдётся?

— Найдём, присаживайся.

— Ща, погодь, я обувь снять забыл.

Час спустя Рубик и Шило сражались в блэкджек по-русски. Мой коллега отважно выиграл три рубля. Он всегда играл удачливо, тем более на деньги. Как говорил Энди Такер, не могу проигрывать, когда ставят настоящие деньги. Рука не поднимается, пальцы бастуют...

Последние два месяца в Чучминке осознавались вспышками. Мозг агонизировал. Контекст забывался, едва случившись, как мутный, болезненный сон.

У меня открытый урок литературы в девятом классе. Тема: основные идеи романа «Преступление и наказание». Я убедительно разоблачаю концепцию сверхчеловека, говорю о двух нравственных законах, о высоких целях и гнусных средствах. Вспоминаю бомбистов-народовольцев, Ленина и даже Мао Цзэдуна. Проверяющие скептически качают головами. После их ухода я задерживаю класс.

— На дом — сочинение по этой теме. Кто перепишет хоть слово из учебника — двойка. За свои мысли — пять баллов.

— А можно коротко? — интересуется галёрка.

— Можно. Главное — своё.

В первой же тетради я читаю: «Ваш Раскольников убийца и вор. И место ему в тюрьме». Поставил «отлично», а куда деваться?

Двоечник Талгат Мухаметзянов не явился на контрольную по алгебре. Работа итоговая: листки с печатями, задания в конверте. Я — его классный руководитель. Завуч отправляет меня к прогульщику для выяснения и эскорта. Иду и размышляю: вряд ли Талгат заболел. Вероятно, пашет на семейном огороде. А он валяется на печке. Спит. Отодвинул занавесочку, свесил лохматую голову: «Чё зря позориться, всё равно двойка. Не пойду. Похер мне эта алгебра и геометрия со школой вместе. И больше не лезьте ко мне».

Послать бы его... да, но — отчётность, районо... И математичка (та самая, у которой был юбилей: то ли в школе полтинник, то ли вообще) несёт паршивцу контрольную домой. И диктует решения — с ошибками, на троечку. Ошибки дались ей труднее всего.

Посевная, горячие дни. Вдруг — происходит нечто фантастическое, можно сказать, диверсия. В сельпо завозят шесть ящиков коньяка. Многие не верят, бегут смотреть. Не забываем: время крайне тяжёлое — рулит минеральный секретарь. Люди годами живут без культурных напитков. Магазин в осаде. Продавщица уступает натиску масс. Через полчаса коньяк распродан.

Сев временно отменяется. Замирает сельхозтехника, тишина в полях. Уложив коньяк, сельчане переходят на домашние изделия. Утренняя передача «Говорит Казань» обрывается на слове «хебердарлык». Звучит взволнованная речь председателя колхоза Супонинского. Даже тембр его голоса какой-то нецензурный. «Чуть не углядел, — кричит председатель, — а они, б... воспользовались! С... сс.. Совести у вас нет! Отсеемся — и жрите на здоровье! Но завтра, то есть сегодня, чтобы все как штык... А не то... Волков, Егор! Сам же бригадир, мать твою! Если ты ушёл из дома, ты думаешь, мы не знаем, где ты есть? Ты у Зинки Лашмайкиной пьёшь в сарае — третий день! Егор Иваныч, дорогой, выходи на работу. Станешь дальше бегать — мы тебя найдём и засунем... Нет, лучше выходи, Егор».

За неделю до отъезда из Чучминки мы оказались в центре ещё более мистической истории. Добрые волшебники наверху снова что-то перепутали. В сельмаг завезли три бочки пива, да не какого-нибудь, а чешского. И уже отпускали в розлив. Рубик, проходивший мимо, ущипнул себя за глаз.

Затем метнулся в сберкассу. Купил целый бочонок с логотипом «Pilsner Urquell» и прикатил домой.

Вечером к нам потянулись ходоки. Наутро их поток усилился. Пиво бойко шло втридорога. Кое-кто из гостей начинал банкет прямо у нас. Параллельно мой друг обыгрывал желающих в карты. Ставки быстро возросли с пяти копеек до рубля. В избушке сделалось накурено и тесно. Незаметно появился самогон.

Стоит ли рассказывать о том, что было дальше? Как я долго обнимался бог знает с кем, щетинистым и потным. А тот вдруг оказался истопником Петровичем. Как, едва не прослезившись, заявил, что остаюсь в Чучминке навсегда... Как изрядно окосевшая Людмила убеждала Рубика трахнуться в знак примирения. А потом мой друг на бис исполнил «Скрипку». А потом десятиклассник Лёха одолжил ему свой байк... Как Рубик под аплодисменты оседлал машину и тотчас навернулся в лопухи...

Да, он покуролесил по весне. А я всего-то-навсего похитил сто рублей. Злодеяние осталось нераскрытым. Его и не расследовали вроде.

И всё-таки зачем? Зачем я стырил эти деньги? Долгое время я объяснял это стрессом, частичной потерей рассудка. Что, возможно, прокатило бы в суде. Но есть и божий суд, как уточнил поэт. И там потребуют серьёзных доказательств.

Я искал их тридцать лет — не то чтобы слишком усердно. Как-то из трясин бессознательного всплыл, пузырясь, давнишний эпизод. Настолько мелкий и вонючий, что я нетвёрдо верю в его подлинность. Короче. Был у меня в институте приятель, Игорь Сидякин, Сид. Книжный фарцовщик, специалист по запрещённой литературе. От него я впервые услышал стихи Гумилёва и Бродского. Из его рук получал «до завтра» тамиздатовские книги Набокова, Лимонова, Оруэлла.

Мне нравилось бывать у Сида дома. Рассматривать дефицитные корешки на полках, выпивать, беседовать об изящной словесности. Нравилось — до одного события. Как-то вечером он звонит.

— Слушай, такое дело... в общем... У нас дома пропали сто рублей. Ты случайно не брал?

— Ты с дуба рухнул? — говорю. — Конечно, нет. И что значит, случайно? Случайно можно... в дерьмо наступить. Ты меня подозреваешь, что ли?

— Нет. Но... Сегодня, кроме тебя, чужих в доме не было.

— Значит, вчера потеряли! Спрятали куда-нибудь, забыли.

— Да нет! Мать точно помнит, что...

— Погоди. Ты же со мной был. Как я мог их взять?

Эге, — думаю, — а ведь я уже ему подсказываю.

— Я выходил из комнаты. Не в этом дело. Слав, если тебе нужны деньги... Ну, мало ли, бес попутал... Ты их оставь себе, а потом вернёшь... когда-нибудь.

— Да пошёл ты!

Ночью я плохо спал. Донимало нелепое чувство стыда. Приятель без тени сомнения обвиняет меня в краже. Что со мной не так? Или всё же — с ним? Это проекция, — убеждал я себя, — кому легко заподозрить другого, тот сам — латентный вор. К утру я почти верил, что украл эти деньги. Решил занять где-нибудь стольник и швырнуть ему в лицо. Лучше мелкими купюрами, чтобы долго собирал.

Сид отловил меня на перемене. По его суетливому оживлению было ясно, что деньги нашлись.

— С меня кабак, братан! — он завладел моей рукой. — Мать сунула в бельё и забыла! Совсем мышей не ловит. Всё понимаю, экскюзми, сорри. Но и ты меня пойми.

Эх, надо было плюнуть в его улыбочку. Но вшивая интеллигентность снова победила.

— Проехали, — сказал я.

Кстати. Лет через пять-семь Сид работал заместителем директора посреднической фирмы. Его туда пристроил владелец, школьный друг. И однажды — вот сюрприз! — с помощью нехитрой финансовой аферы Сидди обувает бизнес друга на тридцать штук зелёных. Конечно, был разоблачён, ободран до белья и выпинут под зад.

— Зачем? — спросил я. — Чего тебе не хватало?

— Не знаю, — поморщился он, — бес под руку толкнул.

Итак. Там и здесь — сто рублей. Совпадение? Нет... Тут надо уловить систему. Меня несправедливо обвинили в краже денег. Я страдаю ни за что, другая чаша весов пуста. Затем, чтобы восстановить некий метафизический баланс, я действительно краду эту сумму. Безнаказанно. Обстоятельства значения не имеют. Но как всё сошлось: финал ужасного года, туман в голове, пустой дом. Направленный свет лампы. И неумолимая пачка купюр на столе. Иногда они возвращаются. Привет из минувшего, Слава.

Мне часто снится эта деревня. Один и тот же липкий сон, бредятина в жанре нуар. За каким-то дьяволом я прибываю в Чучминскую школу. Директор хмуро подписывает бумаги, он всё ещё зол на меня. Однако работать по-прежнему некому. Я иду по коридору. Невнятные приветствия коллег, смешки и глумливые взгляды учащихся. Сейчас мне придётся зайти в класс и начать урок. Разумеется, я не готов. Господи, забери меня отсюда! «Опять бражки напились», — вздыхает завуч Тамара Семёновна...

Безжизненный свет зимнего вечера, уже наваливается тьма. Снег резко хрустит под ногами. Кончается улица, за ней — придавленные небом холмы до горизонта. Крайние избы, размытые пятна окон.

В нашей кто-то есть. Я догадываюсь — кто, вернее, знаю. Обиваю валенки на крыльце. Где-то здесь должен быть веник…

Человек курит, сидя у печки. Он едва узнаваем. Да он ли это? Телогрейка, седые космы. Из морщин выглядывают тусклые глаза. «Приехал всё-таки, — говорит он, — а я думал, ты не вернёшься. Ничего, теперь поработаем вместе. Целая вечность впереди».

Проснувшись, я не иду в душ, чтобы смыть остатки кошмара. Всё равно не получится. Я лежу и пытаюсь разобраться: зачем он изводит меня. Что важного скрывает этот год? Тогда я ещё не осознал, где мне стоит жить и как. Но точно понял, где и как мне жить нельзя. Я бессвязно думаю о том, что все мои последующие жизни есть, по сути, бегство из села Чучминка Татарской ССР. О том, что восемьдесят седьмой никуда не делся, лишь неуклюже прячется за тонкой пеленой разделяющих нас лет. О том, как бестолково искать за ней ответа. О том, что никто не придёт назад.

Когнитивный диссонанс

Для секретных разговоров выходили на чёрную лестницу — покурить. С усилием открывалась дверь, тянуло нежилым сквозняком, извёсткой, пылью. Акустика раскачивала звуки, говорить хотелось шёпотом. Мы устроились под форточкой, достали сигареты. Точнее, достал я, а Ольга заявила:

— «Магна» — отрава пролетариата. Хорошо, что я бросила.

И элегантно угостилась.

— Что за новость-то? — я щёлкнул зажигалкой, — рассказывай уже.

Ольга, референт и тёзка моей начальницы, зябко шевельнула плечами. Дым, поколебавшись, выскальзывал на улицу. Снаружи доносился ровный гул шоссе. Окурки в блюдце хранили интимные следы помады. Минуту назад, в коридоре, Ольга шепнула: «Есть новость… Не здесь».

Наконец она спросила:

— Это ведь твоя статья «Защиты эго и локация конфликта»?

— Да. Но… неопубликованная. «Вопросы психологии» бортанули. Рюрикова отдала в «Психологический журнал». Обещала замолвить там. А что?

— Она взяла кусок себе в докторскую. Ты знал?

— Я… не понял.

С интонацией воспитателя младшей группы Ольга повторила:

— Она включила. Часть твоей статьи. В свою диссертацию.

— Как это так — включила?

— Так. Я сама набирала. Она пометила, что вставить и куда. Вижу, на титуле автор — Смирнов… э-э, да ты не знал, — Ольга вздохнула. — Мерзко, да?

Я безуспешно стягивал пыльный мешок с головы.

— То есть… дословно что ли? А… кавычки, ссылки?

— Мм-мм. На что ссылаться?

— Ну, «в печати» там, я не знаю… Она пристроила статью в журнал. И когда опубликуют, добавит…

— Вряд ли. Финальный вариант докторской будет готов через пару недель.

Я открыл рот и понял, что спрашивать больше нечего. Хотелось завершить, а лучше отменить этот нелепый разговор. Я сказал:

— Дашь мне глянуть на финальный вариант?

— Само собой, — Ольга, морщась, затушила сигарету, — но больше никому об этом, ладно?

Последующее чувство было мне знакомо. Оно живёт на территории, почти не проницаемой для слов. Где-то между первой и второй сигнальными системами. Возникает, когда не пришли за ребёнком в детсад. Или кто-то из друзей внезапно умер. Или оставили кошку на даче. Бедняга сидит у закрытой двери и персонифицирует это чувство, лишённое имени. Мне изменила девушка год назад. А может, не изменила — доказательства отсутствовали. Были подозрения, их не опровергли. Парадокс, однако, в том, что доказательства не требовались. Они стали ненужными, пустыми, как слова.

Беседуя с двумя попутчиками, я незаметно оказался у метро ВДНХ. Затем куда-то долго ехал: вниз, по горизонтали и наверх. На проспекте Вернадского угодил в очередь. Шла эпоха несовпадения товаров, денег и людей. Многие отчаянно хотели что-то продать. Другие — что-то купить, но не то, что продавалось, и уж точно не за столько. Словом, везде рынок или очередь. Встань и бери, пока дают. Давали креплёный напиток «Листопад». Час спустя мой кейс потяжелел на килограмм. Странно. Лично мне выпить не хотелось. Хотелось внутреннему голосу номер один, чтобы полюбовно достичь консенсуса с голосом номер два. Первый был идеалист, второй — насмешник и мерзавец. Таким без «Листопада» не договориться, это ясно. Обоим надоел закольцованный спор.

— Этого не может быть, — твердил первый, — Рюрикова не станет так мараться. Так мелочиться и подставляться. Не изменив даже запятой, присвоить…

— Ага, приватизировать, — ехидничал второй, — где тут подстава, дурачок? Чем она рискует? Кто читал статью? Научный руководитель стырил текст у аспиранта? Бред.

— Вот именно! Зачем ей рядовая в общем-то статья? Две-три оригинальных мысли… почерпнутых у Шульца. И тема её докторской там рядом не лежала.

— Уверен — она стырила именно эти мысли. Спорим? На это у Рюриковой хватит мозгов. Её метод: идейку — оттуда, две — отсюда.

— Но тема…

— А мы реально помним её тему? Что-то очень мутное, не так ли? Какая-то ахинея типа восприятия субъектом отношения к действительности. Или отношение субъекта к восприятию… хрен поймёшь чего. Психология — наука оттянутых ушей, спецэффекты не меняют замысла, особенно если его нет. Ты-то что молчишь? — внезапно обратился он ко мне.

— Да. Сам-то что думаешь? — поддержал идеалист.

— Я? Я думаю, что надо подождать и убедиться. Я думаю… здесь всё-таки… какая-то ошибка.

— А если нет?

— Тогда… мм… будет сложный разговор.

— Не льсти себе. Не будет разговора — схаваешь и поклонишься.

— Да пошёл ты!

Мерзавец усмехнулся.

— Знаешь, может, это решающий тест на лояльность. Она психолог-то хороший, только в жизни, не в науке. Ты уже её курьер. И переводчик, и корректор. Ты по её звонку меняешь планы. Ты в любой момент свободен для неё. Стерпишь это, завтра побежишь ей за шампанским. Кстати, наливай.

— У неё есть, кому бегать за шампанским. Она меня ценит, понял? У нас совсем другие отношения! — Я опустил кулак на стол. — Другие. Другие.

— Ага. Сейчас он признается, что любит её.

— И признаюсь! И люблю, но только…

— Странною любовью, — хором подсказали голоса.

Для упрощённого взгляда на мои чувства к Ольге Павловне сгодится аналогия. Например, Кай и Снежная Королева. Или — Эдмунд и Колдунья Джадис. Условно говоря, подросток, очарованный эффектной, властной женщиной. И аморальной, не забыть. Коллизия, истасканная жизнью, но ещё более — литературой. Оказаться внутри такого сюжета — как попасть в герои бульварной хроники. Хочется крикнуть: не верю! Это не я. У меня всё иначе, сложнее.

Эдмунд был уже совсем не мальчик — двадцать восемь лет. За плечами тревожная юность. Отчисление из университета, восстановление, бег с препятствиями от армии. Следствие по делу об угоне мотоцикла. Учительство в нехорошей школе, а там год, как два. Роман с эгоцентричной, легкомысленной особой, которая неделями динамила меня. И вдруг явилась в аэропорт, красиво заплаканная, прибавив к моему и без того разобранному состоянию ещё одну ненужную деталь.

Я улетал в Москву, надеясь украсить действительность хоть каким-то смыслом. Слишком долго моей жизнью управляли без него. Я мог бы, допустим, родиться в Швейцарии. В семье потомственного банкира... Нет, это перебор. Просто в Швейцарии. А родился в посёлке Химзавод Самарской области. Приглашая девушек в гости, я стеснялся выговорить адрес. Посёлок Химзавод, улица, мать её, Крайняя... Где здесь, помилуйте, смысл? И кому теперь всё это исправлять? Ладно, вытри сопли, — кивнули наверху. — Вот тебе чистый лист, пиши. Москва, точка. Спецфакультет психологии. Ольга Павловна Рюрикова, декан.

Потом, конечно, говорили, что моё очарование ею — выдумка. Я пытался возражать, но мне усмехались: да ладно, брось. Ты всё отлично рассчитал: второй диплом, аспирантура, защита, кафедра. Удали Рюрикову из этой системы, и что останется? Вот. Я перестал спорить. Удобнее выглядеть циником, ловким стратегом, чем пытаться объяснять необъяснимое. А именно: как я мог увлечься надменной, властолюбивой стервой, для которой люди — инструменты? Ведь правда в том, что я увлёкся ею. Мало того, — был влюблён. Это надо понять хотя бы сейчас.

Не всякая красивая женщина — стерва. Но любая стерва как минимум заметна. Такому содержанию необходимо всегда быть в форме. В неизменной готовности интриговать, соблазнять, побеждать. Запоминаться. Можно знать человека лет двести и не помнить цвета его глаз. Да что там глаза. Имена большинства одноклассников я забыл наутро после выпускного. У Ольги Павловны глаза были цвета аквариумной воды. Зеленоватые, цепкие, абсолютно кошачьи. Я увидел это за секунду, в первый день, с большого расстояния.

Рюрикова, в чёрно-белой гамме, бархате и стразах, шла по коридору мимо абитуриентов, беседуя с профессором Запрудиным, начальником того и сего. Говорила она, босс хмуро кивал. И чуть поодаль — кафедральная свита. «Здрасьте, Ольга Павловна!» — фамильярно крикнули из толпы. Деканша перечеркнула нас злобным взглядом и сразу отвернулась. Но мне хватило, я ощутил родство: запредельное самомнение, провинциальные амбиции, комплекс неполноценности. Я понял, что могу быть рядом с ней. Попасть в её избранный круг.

И для этого мало хорошо учиться. Надо стать узнаваемым. Но! Не умничать. Не суетиться. Не шестерить. Честный, заинтересованный взгляд, еле заметный кивок. Каждый лектор ищет в аудитории две-три пары надёжных глаз. Особенно — лектор посредственный. Лекции Рюриковой напоминали спич О. Бендера в шахматном клубе, затянувшийся на два семестра. Студенты — в основном учителя и соцработники, народ практичный, битый, зрелый — недолго велись на апломб и туфту. Ольга Павловна была непопулярна.

И да, вокруг неё образовалось маленькое стадо подхалимов. Выскочек, искателей преференций и льгот. Людей холуйского склада, которым эстетически приятна диктатура. Ольга Павловна не принимала их всерьёз. Я — тоже. Спокойно, — твердил я себе, — она разберётся. Сама тебя заметит и воздаст. Мой триумф на зимней сессии должен был её впечатлить. Однако следовало в этом убедиться. Пришлось добавить резкости в сюжет.

В школе я учился без горячки. В институте — намного прохладнее. Притом всегда знал, что легко могу стать отличником. Но зачем? Отличник был синонимом изгоя. Девушки любили вольнодумцев и фарцовщиков. Тратить лучшие годы на красный диплом виделось пиком абсурда. Кому он нужен, за исключением вашей мамы? Может, сельскому учителю? Ха.

Но вот появился шанс доказать. Я включил мозги примерно на две трети. Зачёты и экзамены сдавал без подготовки, меня отпускали, не дослушав. Я становился чем-то вроде достопримечательности. Увы, в этом не было личных заслуг. Будто в компенсацию за Химзавод судьба наградила меня памятью шпиона. Моя проблема — не запомнить, а забыть. Общую психологию — дисциплину Рюриковой — нам сберегли на десерт. Скверный предмет, одна информация — народ увлечённо готовил шпаргалки. За несколько дней до экзамена я позвонил ей домой. Откуда взял домашний номер? Не припомню. Тогда мне ещё не полагалось его знать. Звонок был наглым даже без учёта содержания. Звонок-тест.

— Ольга Павловна, я готов сдать ваш экзамен досрочно. Если можно, завтра утром. Найдёте время?

Она могла бы сказать: «Что вы себе позволяете?» Или: «Кто вам, собственно, дал этот номер?». Или просто: «Нет». Но она сказала:

— Смирнов, на последней лекции я, кажется, закрыла эту тему...

Пауза. И вдруг:

— Хорошо, предположим, я сделаю для вас исключение. Но вы сильно рискуете. Билетов не будет, задаю любые вопросы, отвечаете без подготовки. Согласны?

Ещё бы не согласен. Ура. Я её зацепил. Через полгода я услышу от неё «Слава» и «ты».

Июнь. Вчера я защитил диплом с отличием. Завтра подаю документы в аспирантуру. Научный руководитель: Рюрикова О. П. Я несу большой шелестящий пакет. Слишком громко шелестящий и заметный. Любому ясно, что в нём — коробка эксклюзивного шоколада самарской фабрики «Россия». Изысканная, белая с золотым тиснением. Можно представить, что за шедевры там внутри. Шоколад организовала мама. Переправила с оказией в Москву.

— Рюрикову трудно удивить, — сказал я в телефонном разговоре, — за границей часто бывает, и вообще.

— А надо удивить? — спросила мама.

— Ну, да… Отвлечь внимание. Мне как-то… ну… стеснительно, не знаю.

— Не волнуйся, отвлечём.

Достать презент мне удалось почти спонтанно. Он возник на краю стола, будто давно там лежал. Непринуждённость отняла все силы. Отказали речевые зоны коры головного мозга.

— Ольга Павловна, вот… Хотел какой-то скромный… Не корысти ради (боже, что я несу)… Чайку попить на кафедре.

Рюрикова тоже смутилась и от этого вдруг помолодела. На мгновение я увидел провинциальную девчонку из советского кино. Вплоть до конопушек под глазами и на шее.

— Слава, зачем?.. Это лишнее, забери.

— Меня здесь нет, — промямлил я.

И быстро вышел.

Не корысти ради. Тогда действительно зачем? Что искал я в Ольге Павловне? Нравилась ли она мне внешне? Даже этого я не могу понять. Говорили, что в молодости Рюрикова была сногсшибательна. На взлёте карьеры умело этим пользовалась. Сломала пару многолетних браков. Фамилии пострадавших мелькали на обложках учебников.

Помню, отмечали её новую книгу или должность. Звучали хвалебные тосты на грани сарказма. Профессор Лодочкин, живая иллюстрация к сказкам Братьев Гримм, выпил много лишнего. И высказался так:

— Да хватит сиропом-то поливать: выдающийся учёный, звезда науки... Много сладкого вредно... кхэ-к.. Я Ольгу знал вот... — он опустил ладонь до уровня стола. Затем поднял её до горлышек бутылок. — Во такой! Аспиранткой была у Сомова, царствие небесное. Приехала из Ярославля вся такая, мм-м... юная, волнующая блондинка. Глаза зелёные — чистая ведьма... У мужчин на кафедре, понятно, слюноотделительный рефлекс. Помнишь, Оль? Я тогда...

— Перестаньте, Василий Нилыч! — Рюрикова кисло улыбнулась. — Давайте лучше выпьем за моих учителей.

— Нет уж, продолжайте! — крикнула доцент Птицына.

Дальний край стола поддержал:

— Пусть человек закончит!

— Василь Нилыч, дальше-то что?

— Дальше? Я подумал: какая ей, к чертям, наука? Ей бы в кино сниматься! В журналы эти, как их… И сразу захотелось…

— Принять валокордина, — тихо вставил кто-то.

Профессор усмехнулся:

— И это тоже.

В интернете есть недавнее фото Ольги Павловны. Не без колебаний я открываю его. Рюриковой около семидесяти, и она всё так же хороша. Мастерство европейских хирургов плюс специфический взгляд — надменный и опасный. Знающий о вас что-то недоброе. Может, именно опасность завораживает в ней, соблазн риска, искушение бездной? Четверть века назад я погрузился в иллюзию близости к этой женщине. Потом ускользнул от зависимости, соскочил. И вот уже лет двадцать не решаюсь ей позвонить.

А тогда ей было сорок пять, и она говорила мне «Слава». Иногда забавы ради я думал: а слабо мне назвать её Олей? Коснуться её руки, вдохнуть аромат шампуня… Нет. Даже в мыслях — нет. Почему? Вновь накрывает ощущение зависания. Воздушной ямы, неясной территории, которую избегают слова. Но мне уже не двадцать восемь. Я на коротком, счастливом этапе правды, вербальной точности, освобождённой речи. Если не сейчас, то никогда. Дальше — возраст междометий.

Кроме того, словами я полжизни зарабатывал на хлеб и ветчину. Вторую половину — цифрами, и в этом есть логика. Я убеждён: любой, кто знает толк в словах, найдёт его в цифрах и наоборот, особенно за хорошие деньги. Суть едина — код, система знаков. Правильные символы на правильных местах дают искомый результат. Дихотомия технари-гуманитарии списана в утиль, как многие другие типологии людей. Человечество разделилось исключительно на умных и дебилов. Дебилы победили, остальное несущественно.

Я ухожу от темы. Территория дурачит меня, подсовывает ложные ходы. Она не любит гостей. О чём мы? О поиске верных слов. Думать о Рюриковой нежно я не мог, ибо она не была нежной женщиной. Но именно женщиной крутой, сильной. Начальницей. Это не всё. Думать о ней в сексуальных терминах казалось мне запретным, противоестественным. Будто думать подобное о своей... Ну да, о своей матери. Что же получается? Ольга Павловна стала для меня... имитацией матери? Подменой? Отредактированной, улучшенной, может быть, версией. Такой, какой бы мне хотелось её видеть. Там, где у нормальных людей — сыновние чувства, у меня давно образовалась пустота. Тёмный прямоугольник на обоях, который хочется закрыть.

Но в маме тоже ощущалась пустота, вакантное место для идеального сына. Я не получился идеальным, даже хорошим, чего уж там. Из меня не вышло золотого медалиста. Я не закончил с отличием мединститут. Не стал хирургом с мировым именем. И великим пианистом не стал тоже. После вручения аттестатов я отказался танцевать с ней вальс на потеху всему залу. Не умею я танцевать вальс! И учиться не хочу.

Словом, ребёнок на троечку с плюсом. А рядом, точно камешек в ботинке, — мальчик Женя, сын институтской подруги. Ода к радости для мамы с папой. Таам-дам-дам-дам-да-да-да. Таам-дам-дам-даа-дада! Золотая медаль, красный диплом, интернатура, престижная клиника. Моральные высоты и здоровый образ жизни. Никаких тинейджерских заскоков и юношеских драм. Картина в жанре соцреалистического монументализма. И женился ведь, подонок, на отличнице, комсорге факультета. Я в то время увлекался продавщицей обуви. А может, парикмахершей, но звали точно Галя.

Когда Женины родители приходили в гости или мои туда, беседовали, естественно, о нём. Обо мне тактично помалкивали. После этих бесед мама отбывала в розовый мираж. Там её сыном был Женя, а я исчезал, как мелкое недоразумение. Мамины грёзы и реплики в пространство я довольно скоро возненавидел. И самого Женю заодно, хотя он был, конечно, ни при чём. Милый, безобидный человек, скучный, как хрестоматия. Впрочем, для хирурга — самое оно.

Настоящая и символическая мамы были кое в чём похожи. Волевые лица, резкие черты, спины победительниц. Ещё — самонадеянность, гордыня, бескомпромиссные оценки. Только мама оценивала людей по шаблону нравственных принципов. Не попал в размерчик — вытянуть либо обрезать по самые уши. А Рюрикова — сообразно нужности и преданности лично ей. И хорошо. И пусть. Я был предан ей и нужен. Притом морально неустойчив. И если она скомпилировала чей-то текст, я мог это понять. Мало ли кто чего заимствует. Но зачем она проделала это тайком, а главное, — со мной? Да я бы с радостью отдал, спроси она по-человечески...

Откуда-то сбоку выплыло название запретной территории. Когнитивный диссонанс. Но это — лишь термин, фантик. Что мы представляем, когда слышим: «чёрная дыра», «коллективное бессознательное»? Или «наркотический приход»? Или «одинокое пьянство»? Ничего. Даже эксперты, увы, немногословны. Как описать загадочное варево на медленном огне, которое тщательно перемешивают, добавляя новые ингредиенты? Там есть отчаяние, растерянность, сомнение, надежда... Мимо — всё не то. Не сумма элементов, а новое качество. Злость ещё — на всех, на себя. Поскольку ты знаешь:

это действительно случилось. И одновременно не знаешь.

— Ольга Павловна, я хотел спросить насчёт... моей статьи, помните? «Защиты эго и локация конфликта»? Вы собирались отдать в «Психологический журнал»...

Рюрикова подняла взгляд от бумаг.

— А, ну да... закрутилась, извини. Значит так, Слав... Отдавать пока нельзя, работа слабая. Завернут даже с моей рекомендацией, и всем будет неловко. Её надо целиком переписать.

— Неужели всё так плохо?

— Неплохо. Но ты мой аспирант, поэтому забудь такое слово. Текст сырой, доказательная база под вопросом. Выборка тридцать человек — это смешно. И ссылки только на американцев: Келлерман, Фестингер, Шульц... Надо привлечь отечественную литературу.

— Так ведь... отечественной нет. Вы сами знаете.

— Кого это волнует? Найди.

Сейчас. Решайся. Ну?..

— У вас в докторской есть кое-что по теме. Очень похожее...

Рюрикова уставилась мне прямо в глаза. Нет, в самый мозг. Я ощутил себя аквариумной рыбой, травой в зелёной воде.

— Кафедральный экземпляр читал?

Я кивнул.

— Быстро. Молодец. Я у тебя взяла там кое-что. Чтоб ты потом сослался на меня. И в диссертации своей особенно. Мне оно, сам понимаешь, без надобности. А у тебя должны быть ссылки на работы научного руководителя. Иначе странно.

— А… почему вы раньше не сказали?

— Считай, что проверяла твоё внимание, — её взгляд соскользнул с меня, — всё, беги. Мне работать надо.

— Ольга Павловна, это нечестно, — произнёс я чужим голосом.

— Что?

Звук «о» качнулся в амплитуде изумление–угроза. Ещё был шанс затормозить. Увидеть, как мелкие камешки сыплются вниз, постоять на обрыве и… Но я шагнул вперёд.

— То, что вы сделали. То, что сейчас говорите. Вы украли у меня полторы страницы текста, не изменив ни единой буквы. Походя, легко, как… о тряпку ноги вытерли. И даже не подумали сказать! Но ведь это… мелко, низко… подло. И зачем? Просто так? Потому что можно? Потому что люди — мусор? Даже те, которые от вас зависят, которые… вам преданы, обязаны. Ваши люди. Даже они для вас — мусор. Я многим вам обязан, да. Но я нашёл себя не на помойке…

Происходящее казалось мне далёким, нереальным, будто сон. Я чувствовал, как быстро уменьшаюсь в росте, удаляюсь, исчезаю. Одновременно исчезают аспирантура, диссертация, Москва. И кабинета этого, в сущности, уже нет… Единственное, что отчасти походило на реальность — жестокие, прозрачные глаза. Принадлежали они не Рюриковой, а дикому зверю, готовому в любой момент напасть.

— Вон! — услышал я. — Пошёл вон.

Этим же вечером, быстро покончив с формальностями, я улетел из Москвы. Оставаться в аспирантуре, менять научного руководителя не имело смысла. Ольга Павловна была злопамятна. От меня шарахнулись бы все.

Моя дальнейшая судьба не представляет интереса. Скучная работа в центре профориентации. Скучная зарплата, но с гарантией и вовремя. В конце девяностых ахнул кризис. Наши клиенты потеряли деньги. Тотчас иссякли заказы и почти синхронно — областной бюджет. Я халтурил психологом в нескольких школах и детских садах. Вечерами регулярно напивался. Типичный уважающий себя интеллигент, не нашедший понимания в мире. Постепенно меня отовсюду уволили. Где-то мимоходом я женился и развёлся. За двадцать лет толком не познакомился с сыном. Или за двадцать пять. В итоге — одиночество, безденежье, депрессия. Две попытки суицида, вторая — удачная. Меня нашли спустя три дня в пустой квартире.

По адресу: Самарская область, пос. Химзавод, ул. Крайняя, 14–66.

Уважаемые пассажиры! Через несколько минут наш борт совершит посадку в аэропорту города Самары. Пристегните ремни, выпрямите спинки кресел… Где я? О, мерзость… Какой отвратительный сон… Сон? Минуточку. Неприятный разговор с Ольгой Павловной, буфет в аэропорту, рейс Москва–Самара… Главное — финальной части разговора не было. Ведь не было? Она сказала: иди, я ушёл. Сто пятьдесят в кафешке у метро, чтобы нормально всё обдумать. Не получилось. Внуково, буфет. Не получилось. Мне требовалось с кем-то говорить — запутанно, косноязычно, долго. Друзья не годились, внутренних собеседников я разогнал.

Вот и пятиэтажки с гудронными швами. Подъезд, новый слой краски цвета «мокрая шинель». Похабные месседжи, выцарапанные на стенах, с годами обретают античную загадочность. Прочесть их могу только я. Кисловатый, въевшийся дух захолустного уюта, щей, жареной рыбы… Моя дверь. Родина.

— Ты где успел набраться? — спросила мама.
— В Москве.
— Что случилось? Тебя выгнали?
— Нет. Просто… когнитивный диссонанс.
— Понятно. Есть хочешь?
— Да.

На кухне я подробно рассказал ей обо всём. Мама выслушала, не перебивая. Затем она удивила меня, что случалось редко. Мы оба слишком предсказуемы. Вместо «Ну и дрянь же твоя Ольга Павловна» мама сказала:

— А ты попал в хорошие руки, сынок. Теперь я относительно спокойна. Воротись, поклонись рыбке. И передай спасибо от меня.

— Не понял. За что?

— Она из тебя человека делает. Мою, по сути, делает работу. У меня не очень-то вышло, а ей, похоже, удаётся…

— Мам, ты о чём? Ты меня вообще слышала? — перебил я. — Какого ещё человека?

— Свободного.

Моя дальнейшая судьба не представляет интереса. Я стал кандидатом наук. До сих пор жив. И адрес у меня другой.

На заседании учёного совета Ольга Павловна сидела где-то с краю. Смотрела в телефон, иногда что-то записывала. Скучала, будто режиссёр на юбилее образцового спектакля. Когда из вражеского лагеря позволили двусмысленную реплику, едва заметно обернулась, но все увидели. И раздавила негодяя взглядом. Волновался я умеренно, держал моэмовскую паузу. Одёргивал себя: медленнее, спокойнее, не тарахтеть. Думать. Ещё медленнее… Хотя результат был известен: у неё бы табуретка защитилась.

Вскоре Ольга Павловна стала академиком РАО. Выбила грант на совместную книгу — аналог моей диссертации. Её фамилия, естественно, шла первой. Затем профессор Роберт Шульц из Университета Южной Калифорнии пригласил меня на стажировку. Устроить это было нелегко, я долго окучивал Роберта, писал, звонил. Переводил его новейшие статьи. Делился результатами своих экспериментов.

Рюрикова встретила известие с тихим бешенством. Искать преподавателя в середине года — большая канитель. Но главное — использованных людей всегда бросала она. А тут вдруг кинули её. Я оказался способным учеником. Ничего личного, просто Южная Калифорния — другой уровень ценностей. Мы оба это понимаем, разве нет? Шаткая ступенька верх лучше, чем надёжная — обратно. Отсутствие движения — иллюзия, и билет наш всегда в одну сторону. Стал ли я свободным человеком? Непростой вопрос. Я бы взял помощь друга — не ответа ради, так, договорить. Только звонить мне некому. Ольга Павловна не будет разговаривать со мной. А маме позвонить уже нельзя.

Белый кролик из чёрной шляпы

— **М**ихал Иваныч, — сказал я директору в августе, — давайте создадим английский класс.

— Зачем? — он поднял страдающий утренний взгляд, будто штангу.

Директора, бывшего заврайоно, сослали в школу за алкоголизм. Все это знали, даже учащиеся. Таким зигзагом биографии в деревне никого не удивишь. По утрам Михал Иваныч работал с документами и сильно ценил одиночество. Самое время просить что-нибудь.

— Ну как же, вот смотрите, — злорадно начал я издалека, — я три года в школах, и ни дня не работал по специальности. Мой основной предмет — английский. А что я вёл? Алгебру, геометрию, русский, литературу, немецкий, физкультуру…

— Конкретней, — поморщился он.

— У нас в этом году большой четвёртый класс. Делим его пополам. Светлане Петровне — немецкую группу, мне — английскую.

— А где я возьму учебники? — он вздохнул. — Ладно, сделаем так: обзвоню несколько школ, может, есть излишки у кого — поедешь, заберёшь. Найдём достаточно — будет тебе класс.

Неделю я мотался по окрестным сёлам. Радовался нищей вольности ландшафта, запахам осени, пыли, коровьих изделий, болтанке дорог и спонтанности транспорта. Всё это было лучше участия в школьном ремонте. Каждый вояж приносил два-три относительно целых учебника. Тут отзвонилась Алакаевская школа, пообещав аж десять. Я вспомнил, откуда знаю слово «Алакаевка». В этом селе молодой В. И. Ульянов готовился экстерном получить диплом юриста. Но по специальности тоже не работал — известно, к чему это привело.

Шагаю на автобус, гружённый сумкой книг. В одном из дворов — нехорошие звуки: гармонь, женские визги, мат, и кого-то увлечённо бьют. Ускоряю шаг — как знал: выходят из калитки двое.
— Эй, стой!

Я — ценитель личного пространства. Общения с кем попало не люблю, из единоборств предпочитаю бег. Этих даже с грузом сделал бы легко. До остановки метров сто, а дальше? В поле? В лес? Два ярких представителя глубинного народа. У одного свежеразбитая губа, другой — в белой рубахе пузырём. Бухие до внезапной противоречивости.

— Ты кто, земляк? Откуда?

Всю жизнь на разных языках и территориях я слышу эти милые вопросы. Смысл их простой — ты здесь чужак, незваный гость. И думается: есть ли на земле такое место, где меня не спросят, кто я и откуда? Где во мне признают своего...

— Сам, — говорю, — давно хочу понять.

— Ты борзый что ли?

— Нет, просто умный. Учитель из Рождествена. Ездил в вашу школу по делам. Так я пойду?

— Прикольный чуфачок, а Фоф? — бубнит «губа». — Отмудохаем ефо на фякий сучай?

— Погоди, я Рождествено знаю, — говорит «рубаха», — у меня там родственник живет, шурин, брат двоюродной сеструхи, то есть муж. Весной на тракторе перевернулся. На гусеничном тракторе за самогоном ехал — ночью. Через овраг срезал, дебил...

— Не шурин, а деферь.

— Сам ты деферь! Сказал же: тракторист. Знаешь, учитель, Андрюху-тракториста?

— Кто ж его не знает.

— Во! Сразу видно — наш пацан. Пошли, брат, выпьем, у нас тут свадьба.

Выпить мне хотелось, но в другой компании.

— Спасибо, только книги отвезу и сразу к вам.

— Не-не-не, умник, прям сейчас!

И щупальца тянут, уроды...

Но — чудо: шум мотора, автобус! Без лишних слов включил четвёртую. Успел.

Я долго не решался написать об этом классе. Так помалкивают люди, найдя в захламленном чулане дверцу в идеальный мир. Слова «работа», «труд» здесь не годились. Происходившее, скорее, напоминало беззаботный флирт, когда, торопясь на свидание, ты знаешь, что любой твой жест, любое слово будут верными. Притом ты сомневаешься в реальности истории, даже находясь внутри неё. Дистанция в пару часов или метров немедля обращает её в сюр.

Демографический профиль села Рождествено определяли ближайшие госпредприятия: рыбсовхоз, спиртзавод и зона. Две четверти населения добывали выпивку-закуску, третья грела нары, последняя её стерегла. То и дело жители менялись ролями, что укрепляло общую гармонию системы. Пили в селе много, жили быстро, школа исправно готовила новых сидельцев, охранников и заводчан. Вероятность найти в такой школе класс, свободный от гопоты и придурков, была отрицательной. Шанс собрать двенадцать ребятишек, увлечённых английским языком, — нулевым. Тем не менее дважды в неделю я сквозь волшебную дверь проникал из мира абсурда и зла в цитадель комфорта и смысла. В класс, где можно отдать талантливым детям то, что им хочется взять.

Мой интерес к английскому всегда был прагматическим, лишённым эстетики, тем более метафизики. Я учил его, преодолевая скуку и лень, ибо рано смекнул, что однажды он станет средой обитания. Десятилетия совместной жизни не сделали нас идеальной парой. До сих пор английский часто кажется мне шифром, баловством, которое в любой момент окончится, и все заговорят по-человечески.

Иняз объединил меня с людьми другого склада. Чужой язык давался им легко и радостно, как припоминание езды на велике или знакомого некогда города. Я объяснял это капризом одарённости, поскольку близко знал двоих — типичных раздолбаев. Иного объяснения просто не было. Идеи реинкарнации, параллельных вселенных казались тогда чепухой. Лена Чистякова пошатнула мой рационализм.

Досадно устроена память: заботливо хранит фамилии всех школьных хулиганов, их лица, имена. А из класса мечты помню только Лену. Заметил я её не быстро: таких учителя и одноклассники не видят. Унылая форма, светлые косички, в облике нечто ускользающее, лисье. Но всегда поднятая рука. И шеренга пятёрок в журнале. Из любопытства глянул другие предметы: четвёрки в основном. К зиме я понял, что она не делает ошибок ни устно, ни письменно — нигде. И всё-таки Лена терялась на фоне бойких и смышлёных одноклассников. Её голос был тише, рука — одной из. Пока не стала единственной.

Шёл обычный в этом классе удивительный урок. Занимались темой «Город». Лексика, повтор, описания картинок, вопросы, текст на дом. Приготовился читать, вдруг Лена тянет руку.

— May I read it?

— You? But this is a new text. It's for reading at home.

— Я его уже читала.

— When?

— Yesterday.

Зависаю на секунду. И слышу невероятное:

— Please. I can do it, trust me.

Фраза «trust me» была, конечно, слуховой галлюцинацией. Не мог её произнести ребёнок, знакомый с английским меньше года. Она из слишком разговорных и естественных. Уровень свободного, как воздух, языка. Послышалось. Забыть, не отвлекаться.

— Okay, — я кивнул. Лена начала читать.

Люблю учебники Старкова и компании: мир дисциплинированных юных пионеров, а также их родителей — высоких, круглолицых, белозубых и румяных. Эти прекрасные люди живут на улицах Ленина и Горького, просыпаются в семь, делают гимнастику, моют руки, лицо и за ушами. Позавтракав, идут на фабрики и в школы, где у них всё замечательно. Вечерами, сидя на диванах, читают каждый свою «Правду». Иногда говорят языком недоделанных роботов.

Чтение Лены в тот день заслонило убожество текста. «Как» победило «что», звук аннулировал смысл, талант выиграл конкурс красоты. Она всегда читала хорошо, но тогда — на грани объяснимого. Произношение стерильно, интонации точны. Если это мои скромные уроки, то я, пожалуй, — гений. Заслушался, однако текст сканирую и вижу на подходе каверзное слово, что-то вроде «city», два исключения на четыре буквы. И вспоминаю, что это слово я с детьми не разбирал! На прошлом уроке или сегодня — забыл, пропустил непонятно как. Сейчас услышу «кайти» или «кити» и с облечением выдохну. А если прочитает верно? Промолчать? Спросить? Готов ли мозг принять ответ?

Она прочитала верно. Я малодушно спросил о другом.

— Thank you, Lena, excellent reading. Does anyone help you with English? Maybe, your elder brother or sister?

— I don't have a sister, — ответила Лена, — and my brother, he...

— Её брат в тюрьме сидит, — встрял кто-то из мальчишек.

— Не в тюрьме, а в колонии, — строго поправила Лена.

После звонка я окликнул её.

— Слушай, Лен, извини насчёт брата.

— Ничего, — сказала Лена, — поделом ему. Мама с ним измучилась.

— А кто твоя мама?

— Библиотекарь, здесь, в школе, и в клубе ещё.

— А папа?

— Он в Сургуте на шабашках, редко приезжает. Недавно привёз мне оленью шкуру, большая, спать можно, только пахнет собачатиной… Вы не думайте, мне с английским никто не помогает. Я сама читаю вслух и про себя. Просто нравится, классный такой язык! Я весь учебник уже прочитала. Мама достала пластинки английские, слушаю их перед сном. Хотите, наизусть перескажу?

Я подумал: зачем оно мне? К чему здесь этот супер-ребёнок? На мне теперь ответственность, долг или что? Знак не уходить из школы? Но остаться исключено, мир устал меня ждать. Вдобавок, дар такого качества не может быть случайным. Он всяко не пропадёт.

Следующей осенью я уезжал в Москву. У вокзальных касс меня окликнул человек. Я узнал бывшего коллегу географа Ивана. Он не спешил, я тоже, мы зашли в буфет. Географ рассказал школьные новости: достроили теплицу, сел завхоз, Михал Иваныч жив…

— А что английский класс? Закрыли?

— Ага, грызёт тебя, — он усмехнулся. — Не закрыли.

— И кто ведёт?

— Библиотекарь, Нина.

— У неё же нет образования.

— Не знаю, как-то там устроили. Я сильно не вникал.

Недавно я отыскал в сети древний учебник английского для четвёртого класса. Так вот, слова «city» там нет. Тема «Город» есть, а «city» нет. Занятно фантазия штопает память.

* * *

…или ускорились мысли, что, по сути, неотличимо. Я оказался на Фиджи, в последнем дне уходящего отпуска. Жена собирала чемоданы, до катера в Нанди оставалось часа полтора. Я взял очки для плавания и, словно домой, шагнул в безмолвный, неспешный, цветной, обольстительный мир кораллов и рыб.

Прошелестев ракушками, он заключил меня в спокойные объятия. За две недели тесного общения мы сблизились настолько, что казались целым. Я был в хорошей форме, не чувствовал усталости и легкомысленно заплыл гораздо дальше, чем всегда. И когда обернулся, наш остров предстал удивительно маленьким, как на рекламном буклете: зелёная шапочка пальм, отороченная белым мехом, и ни следа человека — ни пляжных зонтиков, ни треугольных соломенных крыш. В небе кипела батальная сцена: что-то неслышно взрывалось, летели ракеты, квадрига пегасов теснила фронт боевых слонов.

Неподалёку от меня кончался риф. Вода по ровной линии меняла цвет с аквамарина до индиго. Весь отпуск эта грань манила нас. Доплыть бы, посмотреть, но страшновато. И вот я доплыл. Нырнул, приблизился — дно обрывалось вертикально. Исчезли засахаренные кораллы, леденцовые рыбки, пропало всё живое и обычное. Тьма, похожая на вечность, зияла подо мной. Преодолевая страх, я вглядывался в бездну и наконец увидел… Или не увидел? Из глубины поднимались ужасные тени, исчадия океана, пасти шире туловищ, мёртвые глаза. Вали отсюда, идиот!!! — завизжал рассудок. Спустя мгновение паническим фристайлом я ломился к берегу.

Подобный беспорядок чувств — шок, ужас, любопытство — я испытал в далёком прошлом, осознав конечность жизни, в частности, своей. Затем чуть легче перенёс известия о бесконечности пространства и непознаваемости мира. Говорят, что эти три инсайта — маркеры ухода детства, отрочества, юности. Если так, то юность моя сильно затянулась. Тревожный интерес к непознаваемому с годами стал подобием симпатии — оно кокетливо, забавно, всегда рядом. В нём есть очарование чёрной кошки в тёмной комнате или зеркала — в пустой.

Доступная нашему познанию материя — крупица одной из бесконечного множества вселенных. Остальное — мега-изнанка условной реальности, нечто, о котором мы — пленники четырёх измерений — не способны узнать ничего. Равно мы не в силах его вообразить, ибо самые дерзкие наши фантазии, абстракции, метафоры, тончайшие приборы есть производные наших же органов чувств. Пытались, однако, многие, и удачней других, на мой взгляд, Стивен Кинг. В романе «Под куполом» он моделирует непознаваемое через его контакт с людьми, похожий на жестокую детскую игру.

Мне кажется, там нет жестокости, намеренного зла или добра, нет логики и смысла в нашем понимании. Так путник на лесной тропинке мимоходом давит сотни организмов, невидимых букашек, муравьёв. И так же походя, доев банан, швыряет в чащу кожуру, одаривая счастьем их родню на всю микроскопическую жизнь.

Но иногда непознаваемое хочет, чтобы мы его заметили, не перепутав ни с чем другим: ни с банальным совпадением, ни с обманом зрения, слуха, интуицией, эффектом дежавю, вещими снами и прочими фокусами бессознательного.

Однажды я страдал тяжёлой формой ревности. Мне предпочли ничтожество, но это полбеды. Хуже того — всё происходило рядом. Я постоянно видел их, слышал их ночами — стены в общежитии тонкие. Оба догадывались, как мне хреново. Она — точно, и ей было пофиг. Внешне я держал лицо: притворялся ироничным, снисходительным. Внутри — достиг границы умопомешательства, не мог заниматься делами, есть, спать. Я весь превратился в мысли о том, что творится у них за стеной.

Нет, ещё вспоминал об одном человеке, друге, способном меня исцелить. Друг был не книжным психологом, вроде меня, а настоящим, от бога. Он жил далеко, в Барнауле, знал всех участников драмы, нашёл бы правильные слова. Да не в словах одних дело. Если б решали только слова, я бы ему позвонил. Мне требовались его глаза, прямой циничный взгляд, свобода беспризорника, ухмылка мудрого шута. Хотелось его обнять, нажраться вдвоём до синхронного бреда, утром вместе болеть, ждать открытия магазинов, лечиться где-нибудь на стройке или в парке и говорить, говорить… и молчать — какая разница? Есть люди, рядом с которыми мир теряет вес. Но не звонить же в Барнаул, типа, Андрей, бросай всё, лети спасать меня от ревности. Он-то, может, и полетит, но я тогда кто? Эгоистичная скотина.

Дальше — понятно. Он прилетел сам.

Стук в дверь. Утро после мутной, бессонной ночи.

— Макс, бегом на вахту, телефон.

И сюрреалистический голос в трубке:

— Здорово, кабан, наконец-то!

Доля секунды. Отброшена версия сна.

— Андрей... Ты где?

— Угадай с одного раза. В Москве, в Москве! Только что прилетел по делам. Но дела — потом, сейчас еду к тебе. Надо срочно оттянуться, я прихватил тут кое-что...

— Но как ты... узнал? — подумалось вслух.

— Узнал о чём? — его голос изменился. — Ладно, не будем мучить кота. Через час я допрошу тебя с пристрастием. И ты мне всё расскажешь.

За час, пока он ехал, меня отпустило напрочь, будто морфия кольнули или вымыл пыльное окно. Покой и ясность обрела душа — и незачем грузить Андрея. А совпадение в этой истории одно: роман ничтожеств тем же днём закончился, да так скандально, грязненько, что я бы позлорадствовал, однако нет. Ушло.

Закон парных случаев — ирония непознаваемого. Контекст вариативен, принцип тот же. Думаешь о нужном человеке, и вам открывают портал, тоннель сквозь массив километров и лет. Сочинял я как-то рассказ и долго не мог «оживить» героя. Время размыло черты прототипа, стёрло его мотивации, речь. А без прототипа герой — фанера, что видно даже у классиков. Онегин, например, — голая выдумка, схема, автору требовалась именно она. Гринёв живой где-то на треть, за ним маячат реальные люди. Самсон Вырин — точный портрет человека, которого Пушкин знал. Мне интересна правда, личный авторский опыт, цепкость детали, выбор и порядок слов — если всё это есть. А если нет, то никакая фантастическая клюква не поможет. Лучшая фантазия всегда растёт из жизни, как палец из сточного отверстия раковины. При всём уважении к товарищу Стивену я делю его тексты на две группы: одни ходят по краю реальности и нереальности, и они прекрасны; другие свалились за этот край, вспугнув бабаек и прочих чертей.

В общем без идеального донора шансы героя стремились к нулю. И вдруг — на почте сообщение — он. Бывший сослуживец, прототип, никаких контактов за шесть лет. Я открыл этот месседж не сразу. Подержал в себе ощущение ветра, тоннеля, астрального холода. Я знал, что действительно вышло на связь. Экс-коллега спрашивает, нет ли у меня желания поработать. Естественно нет, но зависит, мы переходим на Скайп. Беседуем впустую, решение отложено. Я получаю свой триггер. Затем — взаимная тишина. Непознаваемое извлекло человека на свет, будто кролика из шляпы, и, усмехнувшись, вернуло обратно. Вопрос: для кого был кроликом я? Лена Чистякова, Коннор… Кто эти мистические дети? Чьи души проступают из инобытия?

Кажется, я отключился на пару секунд. Коннор смотрел вопросительно.

* * *

Этого ребёнка перевели к нам в середине года. Его отец был крупной шишкой в Exxon Mobil, мама, естественно, — домохозяйкой. Выглядел Коннор слегка заторможенным: вялым, молчаливым, безучастным ко всему. Шутки одноклассников в свой адрес игнорировал.

Как-то раз я объяснял ему идею умножения с помощью так называемых бусин Монтессори. Коннор смотрел мимо.

— Ты понимаешь, что мы делаем? — спросил я.

— Да, — ответил он.

— Что?

— Числа могут умножаться, — тихо выговорил он.

Отдать бы тебя в спецкласс, бедняга, — подумал я.

День спустя он попросил «Контрольную таблицу умножения 100». Для Коннора это было слишком рано. Однако его первый интерес к чему-то за два месяца — такое не стоило упускать. После мы бы сделали шаг-другой назад. Вообще отказывать ребёнку в частной школе принято лишь в самых крайних случаях. Контрольная таблица 100 — это большой квадрат, разделённый на сто маленьких. Цифры 1–10 в левом столбце и верхнем ряду, остальные квадраты пусты. Коробка пластиковых фишек с результатами. Задача — выложить из них таблицу умножения.

Я медленно собрал половину таблицы. Коннор разглядывал стену чуть выше моего плеча.

— Хочешь дальше? — предложил я.

— Ага.

Он подозвал меня час спустя. Таблица была собрана верно.

— Тебе кто-то помог?

Коннор помотал головой. Я не поверил.

— А ещё раз с начала?

Он кивнул. Я сдвинул фишки с таблицы, перемешал.

— Поехали.

В этот раз я наблюдал за ним. Коннор управился минут за сорок. Это напоминало мистификацию. Будто он знал таблицу умножения и разыгрывал меня. Да — но не с его характером.

На другое утро Коннор сам взял Таблицу 100 и сложил её за полчаса. Несколько одноклассников собрались вокруг.

— Хорошо, — сказал я, — усложним задачу.

Сдвинул числа, перемешал, указал наобум — 72.

— Где его место?

— Здесь, — Коннор ткнул пальцем в пересечение 9 и 8. — И ещё здесь.

Возникло тоскливое чувство бессилия мозга, желание выдать реальность за самообман. Время резко затормозило, или ускорились мысли, что, по сути, неотличимо… Кажется, я забылся на пару секунд. Коннор смотрел вопросительно.

— А без таблицы слабо? — я достал тетрадочку с заданиями.

Коннор нахмурился — писал он с трудом.

— Это не важно, как ты пишешь, — сказал я, — главное — что. С красотой мы после разберёмся. Попробуй. У тебя получится.

Коннор пыхтел над заданиями остаток дня. Смотрел в пространство, шевелил губами. Забрал тетрадочку домой.

Назавтра у меня состоялся разговор с его мамой. Хельга или Хелена, крупная, ухоженная блондинка скандинавского типа. Тонкий парфюм, слегка расфокусированный взгляд.

— Как вам это удалось? — спросила Хельга. — Я Коннора таким счастливым никогда не видела. И эти задания… Он до ночи их решал. Насилу уложили спать.

— Методики хорошие, — скромно ответил я. — И ещё… У вас очень талантливый ребёнок.

— Удивительно. А мы боялись, что… Ладно, не в этом дело. Знаете, мы скоро переезжаем. Мужа переводят в Австралию. И мы решили что-то сделать для этой школы. Для вашего класса. Может, надо что-нибудь из мебели или оргтехники?

— Есть один дидактический материал, голландский. Но стоит очень дорого.

— Деньги для нашей семьи не проблема, — улыбнулась Хельга. — Как называется материал? Я запишу.

Она вынула из сумочки мобильник.

Не понимаю, что меня взбесило: фраза о деньгах или беспечный, светский тон.

— О как, — произнёс я с нескрываемым сарказмом. — Рад за вашу семью. Только при чём здесь школа и класс? Подарите эти деньги мне. У меня долги. Я два года не был в отпуске. Меня продавцы секонд-хендов знают в лицо… И не надо так смотреть. Ты боялась, что твой сын дебил, а я открыл, что он гений. Я и никто другой. Но учитель же для вас — прислуга, оргтехника, мебель…

Как талантлив мой внутренний голос. Сколько монологов — горьких, отчаянных, дерзких — создано им. Какие правильные найдены слова.

Через месяц в школу доставили большой фанерный ящик из Голландии. Благодарности от директрисы в мой адрес не последовало. Не говоря уже о премии. Впрочем, я и не ждал.

Макс Неволошин родился в Самаре. В прошлом — учитель средней школы. После защиты кандидатской диссертации по психологии занимался преподавательской и научно-исследовательской деятельностью в России, Новой Зеландии и Австралии. Автор двух сборников рассказов: «Шла шаша по соше» (2015) и «Срез» (2018). Печатался в «Новом журнале», «Дружбе Народов», «Волге», «Юности». Живет в Сиднее.